KB114440

십자성-칠왕의 땅 14
허담 新무협 판타지 소설

초판 1쇄 찍은 날 § 2016년 12월 8일
초판 1쇄 펴낸 날 § 2016년 12월 15일

지은이 § 허담
펴낸이 § 서경석

편집책임 § 김현미
편집 § 조현우
디자인 § 신현아

펴낸곳 § 도서출판 청어람
등록번호 § 제387-1999-000006호
등록일자 § 1999. 5. 31
어람번호 § 제2-2693호

주소 § 경기도 부천시 부일로 483번길 40 서경B/D 3F (우) 14640
전화 § 032-656-4452 팩스 § 032-656-4453
http://www.chungeoram.com
E-mail § chungeorambook@daum.net

ⓒ 허담, 2015

ISBN 979-11-04-91079-1 04810
ISBN 979-11-04-90503-2 (세트)

※ 파본은 구입하신 서점에서 교환하여 드립니다.
※ 저자와 협의하여 인지를 붙이지 않습니다.
※ 이 책은 도서출판 청어람과 저작자의 계약에 의해 출판된 것이므로,
　무단 전재 및 유포·공유를 금합니다.

14

황벽산의 대회전

十字星

십자성

칠왕의 땅

청람
도서출판

허담 新무협 판타지 소설

FANTASTIC ORIENTAL HEROES

目次

제1장
신검의 주인

　소두괴는 밤에 기습을 하자는 의견을 냈다. 대부분의 사람
이 그에 동조했다. 그러나 적풍은 서늘한 저녁 바람이 좋다며
해가 지기 전에 공격하겠다고 결정했다.

　모두가 상황이 좋지 않기 때문이란 것을 알고 있다.

　황벽산에 고립된 적화우 일행의 마지막 보루라고 할 수 있는
두 절벽 사이의 계곡을 가로지르는 다리가 거의 완성되어 가고
있음은 멀리서도 알 수 있었다.

　그리고 그 다리의 완성을 막기 위해 반격에 나선 적화우와
그녀의 전사들은 다리를 파괴하기는커녕 접근조차 하지 못하
고 있었다.

　그래서 이대로 날이 어둡기를 기다리다가는 그사이에 다리
가 완성되고 네 왕국의 전사들이 황벽산으로 진입할 가능성이

컸다. 그렇게 되면 잠을 줄여가며 애써 달려온 고생이 모두 허사가 되고 말 것이다.

일단 황벽산에 네 왕국의 일천 전사가 진입하면 백여 명이 채 되지 않는 적화우 일행이 그들을 막아내는 것은 불가능하기 때문이다.

그래서 적풍은 저녁 바람 핑계를 대며 적진을 돌파할 것을 결정했다. 그리고 일단 적풍이 돌파를 결정하자 누구도 그의 결정에 반대하지 않았다.

계획을 논의할 때야 각자 이런저런 의견을 자유롭게 말하지만, 일단 적풍의 결정이 떨어지면 그 누구도 그 결정에 이의를 제기하는 법이 없는 십자성의 전사들이다.

그런 십자성 전사들을 이끄는 적풍의 마음은 무거웠다.

밤을 기다려 적진을 돌파하는 것보다 수배는 어려운 길을 택한 우두머리의 마음이 편할 리 없었다.

그래서 자신을 결정에 의해 사지(死地)로 돌진하는 수하들을 위해 적풍은 다른 때라면 뽑지 않았을 검을 뽑았다.

전왕의 검으로 불리는 사자검이다.

그리고 그 사자검이 만드는 거대한 묵빛 기운이 마치 밤처럼 적풍 일행을 보호했다.

적풍 일행은 처음에는 최대한 자세를 낮춰 적진을 향해 다가갔다. 모든 전사들이 말 등에 엎드렸고, 선두에 나선 와한과 파간은 유목민 출신답게 아예 몸을 말 배 쪽으로 뉘인 채 말을 몰았다.

그래서 처음 일행을 발견한 네 왕국의 전사들은 지나가는 야생마 떼가 자신들 쪽으로 다가오는 것으로 생각했다.

숫자도 겨우 이십여 필, 전혀 걱정할 것이 없는 말 떼의 접근에 네 왕국의 전사들은 잠깐 주었던 시선을 거둬 한창 치열한 싸움을 벌이고 있는 황벽산 중턱을 주시하고 있었다.

산에서는 석림왕국의 전사들이 압도적인 우위를 차지하고 있었다. 이대로라면 일 차간 안에 다리가 완성되고 진격 명령이 떨어질 수도 있었다.

자연스럽게 후방의 방비가 소홀해졌고, 네 왕국의 전사들은 돌격 명령이 떨어질 때를 기다리며 전방을 주시하고 있었다.

그래서 그들은 적풍이 드디어 일행의 선두로 나서고, 그의 손에 전왕의 검이 들렸으며, 그 전왕의 검으로부터 일어나는 거대한 기운이 태풍을 몰고 오는 먹구름처럼 자신의 후방을 덮칠 때조차도 십자성 전사들에 대한 그 어떤 경계의 대책도 세우지 못했다.

그리고 그 상태로 그들은 십자성 전사들의 공격을 감당해야 했다.

두두두!

갑작스럽게 속도를 높인 탓에 터져 나온 지축을 울리는 말발굽 소리와 적풍이 일으킨 사자검의 검은 구름이 그대로 석림성의 전사들이 머물고 있는 진지를 덮쳤다.

그리고 그 검은 바람은 파도가 모래성을 쓸어버리듯 그대로 석림의 전사들을 쓸어버리면서 무서운 속도로 질주하기 시작했다.

적풍이 네 왕국의 진영 중에서 석림왕국 전사들 진영으로 진격한 것은 당연한 선택이었다.

다른 왕국의 전사들은 온전한 전력으로 황벽산을 향해 돌진할 준비를 하고 있었지만, 석림왕국 진영은 이미 대다수의 전사들이 전장에 투입되어 있어 방비가 허술하고 싸울 적도 많지 않았기 때문이다.

석림왕국 진영을 지키는 전사들의 숫자는 채 오십이 되지 않았다. 그나마도 앞에서 벌어지는 동료들의 싸움에 정신이 팔려 전혀 후방을 방비하지 않았다.

그 와중에 덮친 십자성 무사들의 공격을 석림의 전사들이 막아낼 가능성은 처음부터 없었다.

더군다나 전왕의 검이 만들어내는 거대한 어둠은 적풍 일행을 실제보다 훨씬 많은 숫자로 보이게 했고, 그들이 어둠 속에서 갑자기 외쳐대는 고함 소리는 석림 전사들을 두려움에 떨게 했다.

"오오옷!"

"하앗!"

무서운 속도로 질주하는 적풍의 좌우에는 와한과 파간이 섰다. 그들은 유목 전사 특유의 괴기스러운 고함 소리를 질러대며 스쳐 지나는 적들을 낙엽처럼 베어 넘겼다.

후방에서 기습을 당한 석림의 전사들은 속절없이 적풍과 십자성 전사들에게 길을 내줄 수밖에 없었다.

반격을 하기에는 적의 기세가 너무 강렬하기도 했고, 또 검은 기운 속에 가려진 적들의 어느 부분을 공격해야 할지도 판단할 수 없었기 때문이다.

그렇게 십여 명의 적이 쓰러지자 적풍 일행이 질주하는 방향으로 자연스럽게 길게 길이 생겨났고, 누구도 그 길 앞을 막지 않았다.

적풍은 그렇게 열린 길을 따라 순식간에 황벽산으로 진입했다.

"기습입니다!"

적을 향해 화살을 날려 접근을 막으면서 분주히 다리를 완성해 가던 석림의 노전사 석도군에게 중년의 전사가 다가와 다급하게 말했다.

"기습? 누가?"

"정체는 모르겠습니다만 진영이 뚫렸습니다."

"어디냐?"

석도군이 급히 물었다.

"이미 황벽산 안으로 진입했습니다."

"다른 왕국에서 돕지 않았더냐?"

애초에 자신들의 진영에 남아 있는 전사들의 숫자로는 적의 기습을 막기 어려웠을 거라 생각한 석도군이 물었다.

"도우러 올 시간조차 주지 않았습니다."

그 순간 산 아래쪽에서 석림 전사들의 외침이 들려왔다.

"적이다! 활을 쏴!"

순간 석도군의 표정이 일변했다.

"벌써?"

"보통 자들이 아닙니다."

"가보자! 잠시 다리에서 물러나라! 적이 온 모양이다!"

석도군의 명에 건너편으로 화살을 날리며 다리를 완성해 가던 석림의 전사들이 절벽 양쪽으로 나뉘어 후퇴했다.

석도군은 명을 내리고 재빨리 걸음을 옮겨 산 아래에서부터 이어진 길을 살필 수 있는 지점으로 이동했다.

석림의 전사들이 그런 석도군을 좌우에서 호위하며 방패를 들어 만약에 있을지도 모르는 적의 공격에 대비했다.

"저들이냐?"

절벽 위 가장 높은 곳으로 자리를 옮긴 석도군이 바위 사이로 난 산길을 따라 치달아 오르고 있는 검은 기운을 보며 물었다.

"그렇습니다."

"예상외군. 정말 빠르구나."

"본진에서 도저히 막을 수 없는 속도였습니다."

"그 말이 아니다."

"……?"

"무황의 움직임 말이다."

"설마 저들이 무황의 사람들이란 말입니까?"

"검은 사자들인 듯싶다."

"거, 검은 사자요?"

그의 수하가 믿을 수 없다는 듯 되물었다.

"저런 기운을 만들어내며 질주하는 것은 과거 검은 사자들만의 특징이었지."

"하면… 무황이 직접 왔을까요?"

"그럴 리야 있겠느냐? 그의 상태를 모르는 것도 아니고."

"그럼 누가 왔을까요?"

"온다면 푸른호수 성의 성주 천일란이어야 하는데… 그녀 같지는 않고. 일단 속도를 늦춰 정체를 알아내야겠다. 석포는 준비됐나?"

"예, 대성주!"

그의 주위에 있던 석림의 전사들이 대답했다.

"좋아, 그럼 다섯 번을 쏴라. 그 정도면 검은 기운이 흩어지겠지. 모습이 드러나고 속도가 느려지면 반격한다. 검은 기운에 휩싸여 잘 보이지는 않지만 많은 숫자가 아니다. 반격을 받으면 후퇴할 수도 있겠지만 그때는 저들이 막겠지."

석도군이 적풍 일행을 공격하기 위해 산 아래쪽으로 모여들고 있는 나머지 세 왕국의 전사들을 보며 말했다.

"알겠습니다."

대답을 한 석림의 중년 전사가 작은 석포를 운용하는 석림의 전사들이 있는 곳으로 달려갔다.

"석포를 쏴서 놈들의 전열을 깬다!"

중년의 석림 전사 말에 따라 적화우 일행을 향해 겨눠져 있던 작은 석포들이 산을 치달아 오르는 적풍 일행 쪽으로 방향을 틀었다.

석림 전사들의 석포는 보통의 공성 무기와는 다른 면이 있다. 본래 석포는 성벽을 깨뜨리기 위해 만들어진 무기여서 가장 큰 중병기에 속했다.

한 대의 석포를 움직이기 위해서 여러 필의 말과 전사가 필요한 경우가 다반사였다.

그런데 석림 전사들이 쓰는 석포는 겨우 세 사람이면 들고 움직일 수가 있었다.

그런 석포로 대체 뭘 할 수 있을까 의구심이 생길 정도로 작은 석림의 석포는 사실 성을 깨는 것이 아닌 사람이나 말을 공격하는 데 큰 효과를 발휘했다.

쿵쿵!

석림의 작은 석포에서 발사된 아이 머리만 한 돌덩이들이 산길을 치달아 오르는 적풍 일행의 주변에 떨어지기 시작했다.

그러자 금세 적풍 일행의 속도가 느려지고 검은 기운이 흩어지는 듯 보였다.

"더 날려라!"

석포가 위력을 발휘하자 석림의 전사가 득의한 목소리로 소리쳤다. 그러자 다섯 대의 석포가 다시 둥근 돌덩이를 쏘아 올렸다.

그런데 이번에는 그 결과가 달랐다.

적풍의 눈에 속도의 힘을 받아 천근의 무게가 붙은 돌덩어리가 자신을 향해 날아오는 것이 보였다.

하지만 적풍에게 이번 석포 공격은 전혀 위협이 되지 않았다. 첫 번째 석포의 공격은 예상치 못한 것이어서 당황했지만 두 번째는 달랐다.

적풍이 사자검을 들어 날아오는 매끈한 돌덩이를 향해 휘둘렀다. 무서운 속도로 떨어지던 돌덩이의 속도가 마치 물속으로 들어온 나무토막처럼 급격하게 줄었다. 순간 적풍의 손이 비스듬히 사선을 그리며 돌덩이를 낚아챘다.

사선을 그린 덕에 돌덩이에 실린 힘을 옆으로 흘려보낼 수 있었다. 그리고 그의 몸이 한 바퀴 회전하는 순간 큼직하고 매끈한 돌이 그의 손에 있었다.

그리고 다음 순간, 그의 눈이 완벽한 검은색으로 물들더니 갑자기 그의 입에서 황벽산을 뒤흔드는 고함이 터져 나왔다.

"앞을 막는 자, 모두 죽는다!"

사자의 울음 같은 경고와 함께 그의 손에 있던 돌덩이가 허공을 갈랐다.

쐐애액!

적풍의 손을 떠난 돌덩이가 무서운 속도로 허공을 갈랐다. 물론 사람의 힘으로 던져낸 것이라 석포가 쏘아낸 것 같은 위력과 거리를 낼 수는 없었지만 적풍의 신력은 놀라웠다.

적풍의 손을 떠난 돌덩이가 적풍 일행의 혼란을 틈타 그들을 공격하기 위해 달려오고 있는 석림의 전사들에게까지 날아갔다. 그리고 무서운 속도로 그들 사이에 떨어졌다.

"헛!"

"피햇!"

물론 칠왕의 후예인 석림의 전사들이 사람이 먼 거리에서 던진 돌덩이에 맞아 죽거나 다칠 일은 없었다. 그러나 석포가 적풍 일행에게 준 충격과 혼란만큼이나 적풍이 던진 돌덩어리도 석림의 전사들에게 혼란을 주었다.

그 효과로 길이 생겼다.

"전속력으로 돌파한다! 근거리로 접근하면 석포는 힘을 쓰지 못해!"

적풍이 잠시 당황한 십자성 고수들을 보며 말했다.

"예, 성주!"

십자성 고수들이 일제히 대답했다.

적풍이 두 번 말하지 않고 자신이 먼저 말을 몰아 다시 산길을 치달아 오르기 시작했다.

쿵쿵쿵!

연속해서 석포가 큰 소리를 내며 돌덩이를 쏘아 올렸다. 그러나 석포가 쏘아낸 돌덩이들은 순식간에 거리를 좁힌 적풍 일행을 적중시키지 못하고 그들의 뒤쪽에 떨어졌다.

이제 석포는 더 이상 적풍 일행을 위협하지 못했다. 십자성의 전사들은 그들의 머리 위를 날아 넘는 돌덩이들은 신경 쓰지 않고 적풍을 따라 석림의 전사들을 향해 돌진했다.

적풍의 검은 눈이 자신을 막기 위해 방패를 들고 검을 겨누고 있는 자들을 바라봤다.

그의 눈에 석림 전사들의 두려움이 만드는 작은 틈이 보였다. 적풍이 사자검을 말 허리까지 내렸다. 순간 사자검이 적풍의 신력과 내공의 힘을 받아 검신으로부터 다시 일 장 길이의 검기를 만들어냈다.

적풍이 검기를 일으킨 사자검을 땅에 끌리듯 끌어 올려 만월을 그리듯 적의 빈틈을 향해 뻗어냈다.

우웅!

사자검이 거칠게 포효했다. 사자검이 만들어낸 검은색 검기가 폭발하듯 두껍게 부풀더니 급기야 사방으로 비산하기 시작했다.

그건 마치 검기가 하나하나 작은 조각으로 찢어져 적을 향해 날아가는 것처럼 보였고, 그 작은 검기 조각들이 비도처럼 석림 전사들을 파고들었다.

파파팟!

"컥"

"악!"

석림 전사들이 전갑 사이로 파고드는 검기의 공격을 이기지 못하고 비명을 지르며 쓰러졌다.

그러자 그들 위로 십자성 고수들이 덮쳐갔다.

"모두 죽여주마!"

와한과 파간의 눈도 검게 물들어 있었다. 교벽을 통과하면서 신혈의 잠력을 각성한 그들은 이런 난전에서는 십자성의 그 누구보다 강한 전사였다.

두 사람이 검을 휘둘러 댈 때마다 석림의 전사들이 고목처럼 쓰러졌다. 칠왕의 후예를 자처하는 석림의 전사들은 그들이 지금껏 상대해 보지 못한 강한 적의 출현에 평소 실력의 절반도 발휘하지 못하고 속절없이 쓰러져 갔다.

쓰러진 자들은 남은 자들에게 공포심을 만들어내게 했고,

그 공포심이 석림 전사들의 방어벽을 무너뜨렸다.

길이 넓게 열렸다. 적풍이 서슴없이 그 길을 따라 질주했다.

두두두!

거친 말발굽 소리와 함께 적풍과 십자성 고수들이 일제히 절벽 위로 올라섰다.

"뒤를 막아! 반각이다!"

적풍은 황벽산으로 진입하기 전에 이미 그들이 도달하는 각각의 위치에 따라 십자성 무사들이 취할 행동을 세세하게 계획했다.

그래서 적풍이 명을 내리자 십자성의 고수들이 당황하지 않고 적풍의 뒤쪽에 원형진을 펼쳐 적풍의 후방을 보호했다.

뒤를 수하들에게 맡긴 적풍은 사자검을 왼손으로 옮기고 오른손으로 불의 검을 뽑아 들었다.

화르르!

불의 검이 검집을 벗어나는 순간 검신에서 요기로운 불꽃이 무서운 기세로 일어났다. 그리고 그 검이 거의 완성 단계에 접어든 줄다리를 지키는 석림 전사들에게 떨어졌다.

콰르르!

마치 화룡이 불을 토해내듯 불의 검이 석림 전사들을 덮쳤다.

"악!"

"피, 피햇!"

뜨거운 열기를 담은 검기가 닥쳐들자 석림의 전사들은 반격할 전의를 잃고 사방으로 흩어졌다. 더 이상 적풍 앞을 막는 사람은 없었다. 이제 적풍은 줄다리 앞에 홀로 서 있었다.

어른 팔뚝만 한 두께를 자랑하는 튼튼한 줄들이 절벽의 이쪽과 저쪽을 연결하고 있다.

적풍은 망설이지 않고 불의 검을 들어 다리의 뼈대와 같은 굵은 밧줄들을 끊어갔다.

퍼퍼퍽!

불의 검에 베인 밧줄이 가는 실 끊어지듯 속절없이 끊어졌다. 그리고 급기야 마지막 밧줄까지 끊기자 거의 완성되어 가던 다리가 그대로 절벽 사이 계곡으로 무너져 내렸다.

"돌아간다!"

적풍은 다리를 무너뜨리고는 지체하지 않고 말머리를 돌리며 명을 내렸다.

그러자 와한과 파간이 앞으로 나서서 다시 적진을 뚫기 시작했다.

"막는 자는 죽는다!"

와한과 파간은 살기 넘치는 경고성을 터뜨리며 말을 몰아 앞으로 달렸다.

그러자 눈 깜짝할 사이에 황망하게 다리를 잃은 석림의 전사들이 제정신을 차리고 분노를 폭발시켰다.

"놈들을 막앗!"

"모두 죽여라!"

일백이 넘는 석림 전사들이 사방에서 적풍 일행을 향해 달려들려는 순간, 석림의 노전사 석도군의 목소리가 터져 나왔다.

"물러나라! 길을 열고 보내줘라!"

석도군의 말에 석림의 전사들은 당황한 표정을 지으면서도 어쩔 수 없다는 듯 뒤로 물러나 적풍 일행에게 길을 열어줬다.

적들이 물러나자 적풍과 그 일행은 절벽 아래로 이어진 산길을 따라 바람처럼 달리기 시작했다.

"왜 공격을 막으신 겁니까?"

적풍 일행이 먼지를 일으키며 산 아래로 달려 내려가자 석림 전사 중 한 명이 불만스러운 표정으로 석도군에게 물었다.

"위험을 감수할 필요가 없기 때문이다."

"저들이 대단하긴 하지만 겨우 스무 명 남짓입니다. 그들에게 다리를 잃고 도주를 허용한 것을 보고 다른 왕국의 전사들이 비웃을 겁니다."

"그들에겐 우릴 비웃을 여유도 자격도 없을 것이다."

"그게 무슨 말씀이십니까? 산 아래에서 세 왕국의 전사들이 놈들을 잡는다면 그땐……."

"그들은 절대 저자들을 잡을 수 없어. 물론 몇 명을 죽일 수는 있겠지. 그러나 결국 우두머리는 잡지 못할 것이다."

석도군의 말이 너무 단호했기에 석림의 전사는 더 이상 반발하지 못했다. 대신 그 이유는 반드시 알아야겠다는 듯 조심스레 물었다.

"대체 왜 겨우 스무 명 남짓한 저들을 수백의 전사들이 잡지 못할 거라 확신하시는지요?"

그러자 석도군이 어두운 얼굴빛으로 물었다.

"그가 누군지 아느냐?"

"누구를… 말씀하시는 건지?"

"저들의 우두머리."

"그걸 제가 어떻게……?"

"아둔하구나. 그를 알아보지 못하다니."

석도군의 말에 석림의 전사가 당황한 얼굴로 되물었다.

"제가 본 적이 있는 자던가요?"

"물론 처음 보는 자다. 하지만 그에 대한 이야기는 많이 들었을 것이다. 전왕의 검과 불의 검을 가진 자!"

"설마… 아바르의 사황자란 말입니까?"

"그렇다. 그가 아니라면 누가 두 개의 신검을 가지고 있겠느냐?"

그러자 석림의 전사가 자신도 모르게 중얼거렸다.

"그렇군요. 맞습니다. 그가 사용한 두 개의 검. 그렇지요. 신검이 아니라면 그런 힘을 낼 수 없지요."

"그에게 신검이 있다는 것만 중요한 것은 아니다. 신검을 가졌다고 단 스무 명을 데리고 일천 칠왕의 전사를 상대로 싸움을 벌일 수 있는 자는 많지 않으니까. 아바르의 사황자는… 신검의 진정한 주인이 될 힘과 용기가 있는 자다. 그런 자를 상대로 싸우고 싶지는 않다. 너희들이 모두 죽을 수도 있으니까."

"하지만 그렇다고 해도……."

석림의 전사가 생각하기에는 아무리 신검을 가진 자라도 스물의 숫자는 너무 적은 것 같았다.

"넌 신검의 위력을 본 적이 있느냐?"

"그야… 최근 들어 칠왕의 신검이 사용된 적은 없지요."

"오늘 보게 될 거다. 왜 신검의 주인들이 이 땅의 주인이 되었는지를."

석도군은 두려운 표정으로 말하며 이미 산 아래에 이르고 있는 적풍 일행을 향해 시선을 돌렸다.

세 갈래로 갈라진 먼지구름이 황벽산 동쪽 아래를 향해 몰려들었다.

오손과 천인총, 그리고 바람의 왕국이라 불리는 풍왕의 전사들은 석림의 전사들이 애써 만들어놓은 다리를 무너뜨리고 내려오는 적풍 일행을 향해 무서운 기세로 달려들고 있었다.

단지 달려오는 것만으로도 칠왕 세력의 위력을 실감할 수 있는 질주에 십자성의 무사들 역시 잠시 두려운 듯 걸음을 멈췄다.

"오손을 뚫지요."

소두괴가 침착하게 말했다.

"이유는?"

"그간 알아본 바에 의하면 상대하기가 가장 쉽습니다. 저들은 호수에서 힘을 발휘하는 자들입니다. 이런 육지에선 그 힘이 크게 줄어들 겁니다."

소두괴가 대답했다.

"그렇게 따지면 바람의 왕국에서 온 자들도 마찬가지 아닌가? 그들은 대해에서 사는 자들이니까."

"하지만 그들은 빠릅니다. 지금 당장 저들과 전면전을 벌일 것이 아니라면 오손의 진영을 뚫고 나가는 것이 좋습니다. 바람의 왕국 쪽은 추격전이 벌어졌을 때 따돌릴 수 있다고 장담할 수 없습니다."

소두괴의 말에 적풍은 잠시 생각에 잠겼다. 그러다가 결심을 한 듯 입을 열었다.

"그래도 역시 바람의 왕국 전사들이 좋겠어."

"어째서 말입니까?"

"소두괴 그대의 말처럼 그들은 빠르니까. 다른 쪽을 뚫기로 한다면 그 와중에 그들이 그 앞쪽으로 우회해 덮쳐올 거야. 그럼 두 방향에서 적을 맞아야 하지. 그것보단 아예 발 빠른 자들 하나만을 상대하는 게 좋아. 일단 추격전이 벌어지면 다른 왕국의 전사들은 우리와 바람의 왕국 전사들을 따라 붙지 못할 테니까. 만약 그들의 추격이 계속된다면 적당한 곳에서 그들만을 상대로 반격할 수도 있겠지."

적풍의 말에 소두괴가 이내 고개를 끄떡였다.

"생각해 보니 성주님의 말씀이 맞습니다. 제가 하나만 생각하고 둘은 생각지 못했군요."

"그대답지 않은 모습이야."

적풍이 질책하듯 말했다.

"송구합니다. 제가 흥분한 모양입니다. 다신 실수하지 않겠습니다."

"좋아, 모두 들어라!"

"예, 성주!"

"바람의 왕국 진영을 돌파한다! 이번에는 지금까지완 다를 것이다! 지금까지는 기습의 이점을 취할 수 있었으나 이젠 저들이 우릴 기다리고 있다! 목숨을 잃는 자가 나올 수도 있다! 그러니 모두 명심하라! 최후의 순간에는 스스로 자신의 운명을 책임져야 한다!"

"예, 성주!"

십자성의 무사들이 일제히 대답했다.

"내가 앞에 선다! 최대한 거리를 좁혀 따라오라!"

"예, 성주!"

다시 십자성의 무사들이 대답했다.

적풍은 잠시의 머뭇거림도 없이 서북쪽을 향해 말을 몰기 시작했다. 그곳에는 거대한 전선이 그려진 깃발을 듯 채 말을 몰아오는 바람의 왕국 전사들이 있었다.

두두두!

적풍은 날카로운 창처럼 자신들을 향해 달려드는 바람의 왕국 전사들을 향해 무모한 모습으로 뛰어들었다.

그리고 그 순간, 그의 두 손에 들린 사자검과 불의 검이 동시에 허공을 갈랐다.

콰아아!

두 개의 강이 마주치듯 그렇게 사자검에서 일어난 검은 기운과 불의 검에서 일어난 붉은 기운이 적풍의 앞에서 회오리쳤다.

"악!"

"커억!"

가장 선두에서 적풍의 공격을 마주한 바람의 왕국 전사들이 비명을 지르며 말에서 떨어졌다.

그러자 거짓말처럼 길이 열렸고, 그 길 안으로 적풍과 그를 따르는 십자성 무사들이 뛰어들었다.

전진하는 적풍을 따라서 길게 묵빛 기운과 붉은 기운이 태극 문양을 그리며 번져 나갔다.

마치 태초에 일어났을 혼돈의 움직임이 세상에 다시 나타난 듯 그렇게 두 신검의 기운이 적풍을 따르는 십자성 고수들을 에워쌌다.

신검의 기운이 만든 울타리 안에서 십자성 무사들은 무서운 속도로 질주했다.

바람의 왕국 전사들은 적풍이 가진 두 개의 신검이 만들어 내는 놀라운 광경에 질려 반격할 엄두도 내지 못하고 그들을 반으로 가르며 질주하는 십자성 고수들의 모습을 지켜보고 있을 뿐이다.

"놈들은 몇 안 된다! 공격해!"

바람의 왕국 전사들을 이끄는 바람의 왕국 오대선단 중 제일선단을 이끄는 장유소가 날카롭게 소리쳤다.

그 호통에 바람의 왕국 전사들이 정신을 차리고 자신들 진영을 돌파하는 십자성 고수들을 향해 검과 창을 꽂아 넣기 시작했다.

차창!

두 개의 신검이 만드는 혼돈의 기운 속에서 날카로운 충돌음이 일어났다. 혼돈 속으로 창검을 밀어 넣는 바람의 왕국의 전사들은 자신들의 창과 검이 누구를 향하고 누구에게 막히는지 알 수 없었다. 그들은 그저 맹목적으로 적을 향해 창검을 밀어댈 뿐이었다.

그러나 그런 공격도 가끔은 효과를 발휘하게 마련이다.

"욱!"

적풍을 따르는 십자성 무사들 사이에서 신음이 일어나더니 이내 무리에서 떨어진 자가 나타났다.

"잡아!"

적풍 일행의 뒤를 따르면서 싸움을 독려하던 장유소가 날카롭게 소리쳤다.

그러자 바람의 왕국 전사들이 적풍 일행에게서 낙오된 자를 재빨리 제압했다.

장유소가 나는 듯이 달려와 제압된 자의 멱살을 부여잡고 물었다.

"네놈들은 누구냐?"

그러자 사로잡힌 자가 낮은 웃음을 흘리며 말했다.

"몰라서 묻나, 두 개의 신검을 가진 분이 누군지?"

"정말… 아바르의 사황자란 말이냐?"

"우린 십자성주님으로 부르지."

사로잡힌 자는 길 잃은 샤로 살아가던 무사였다. 이름은 도운, 목적 없는 삶에 지쳐가던 그에게 적풍과 십자성의 등장은 한줄기 빛 같은 것이었다.

그래서 그의 적풍과 십자성에 대한 충성심과 자부심은 절대적이었다. 그로 인해 예전 같았으면 감히 얼굴도 쳐다보지 못했을 풍왕국의 대선주를 만나고도 웃음을 흘릴 수 있는 자신감을 가진 도운이다.

"몇이나 왔느냐?"

"그건 말할 수 없군."

도운이 대답했다.

그러자 바로 그의 목에 시퍼런 검날이 닿았다. 검날이 닿은 부위에서 한 방울 핏물이 흘러내려 검신에 맺혔다.

"죽음이 두렵지 않느냐?"

"이젠 여한이 없지."

도운의 엉뚱한 대답에 장유소가 오히려 당황한 빛을 보였다.

"무슨 헛소리냐?"

"그분의 수하로서, 십자성의 무사로서 살아봤으니 죽어도 여한이 없단 뜻이다. 그런데… 죽는 마당에 나도 한 가지 경고쯤은 해주지."

"……?"

"내 목숨값이 그리 싸지는 않을 거야. 성주는 그런 분이라더군. 수하 한 명의 목숨 빚은 그 백배로 갚는다고 말이야. 하하하! 길 잃은 샤로 살던 내가 이렇게 비싼값으로 죽는다면 그것 역시 호사가 아니겠느냐? 죽여라!"

도운이 당당하게 소리쳤다. 일단 죽음을 각오하자 없던 용기도 생기는 도운이다.

장유소는 그런 도운을 조금은 질린 눈으로 바라봤다.

"길 잃은 샤였다고?"

장유소가 중얼거리듯 물었다,.

"그렇다."

"그럼 언제부터 아바르의 사황자를 따랐느냐?"

"몇 달 되었지."

도운이 대답했다.

"겨우 몇 달 수하로 데리고 있던 자를 위해 그가 위험을 감수할 것 같으냐? 어리석은 기대지."

"그게 바로 그대들과 그분의 다른 점이지. 그대들 칠왕의 후예를 자처하는 자들은 사람 귀한 줄을 몰라. 언제나 자신들이 전부이고 다른 사람들은 자신들을 위해 존재하는 소모품 정도로 생각하지. 그러나 그분은 달라. 단 하루 인연을 맺은 수하의 목숨값도 당신의 목숨처럼 생각하지. 그게 바로 그분이, 그분이 이끄는 십자성이 무서운 점이다. 자, 내 경고는 끝났으니 이제 정말 날 죽여라."

도운이 눈을 감고 목을 길게 내밀었다.

그러자 장유소의 곁에 있던 바람의 왕국 전사 한 명이 도운의 목을 베기 위해 검을 들었다. 그런데 그 순간 장유소가 손을 들어 수하의 행동을 막았다.

"살려둬라."

"예?"

수하가 놀란 표정으로 되물었다.

"쓸모가 있을지도 모르겠구나."

"······?"

바람의 왕국 전사가 의아한 표정을 지었지만 장유소는 수하의 의문을 풀어주는 대신 훌쩍 말 위에 오르며 소리쳤다.

"계속 추격한다! 단, 다른 왕국의 전사들이 오기 전에는 근접전을 피하라! 추격하면서 거리를 두고 활로 공격한다!"

수하들에게 명을 내린 장유소가 먼저 말을 몰아 적풍 일행을 추격하기 시작했다.

바람의 왕국 전사들은 정확하게 반으로 갈라지며 적풍 일행에게 길을 내줬다.

적풍 일행은 무서운 속도로 바람의 왕국 진영을 벗어났다. 그러나 그게 끝이 아니라 새로운 시작이라는 것은 양쪽 모두 알고 있었다.

바람의 왕국 전사들은 적풍 일행이 자신들 진영을 벗어나자 재빨리 추격을 위한 대형을 갖추더니 그때부터 일정한 거리를 두고 적풍 일행을 추격하기 시작했다.

그리고 그들의 놀라운 능력, 칠왕의 후예로서 그들이 가지고 있는 빠름에 관한 능력을 발휘해 적풍 일행을 옭죄듯 추격하기 시작했다.

"제길, 정말 빠르긴 빠르네."

간간이 날아드는 화살을 쳐내며 이위령이 투덜거렸다. 아무리 힘을 내 달려도 바람의 왕국 전사들은 일정한 거리를 유지하며 십자성의 무사들을 따라붙고 있었다.

아마도 결심만 한다면 십자성 무사들을 추월해 앞에서 공격할 수도 있을 것이다. 그러나 그들은 일정한 거리를 유지한 채 화살만 날릴 뿐 전면전인 도발을 하지 않았다.

덕분에 일행 중 더 이상 희생자가 나오지는 않았지만 쫓기는 자의 마음은 언제나 불편하게 마련이다.

"추격자가 더 있나?"

앞서 달리던 적풍이 뒤를 돌아보며 물었다.

그러자 이위령이 대답했다.

"바람인지 풍랑인지 하는 놈들만 보입니다."

"나쁘지 않군."

"이쯤에서 싸울까요?"

"조금 더 간다."

"어디까지 가시려고요?"

이위령이 지친 듯 물었다.

그러자 적풍을 대신해 타르두가 대답했다.

"황벽산을 공격하기 전에 근방의 지형을 살폈소. 싸우기 적당한 장소를 알고 있소. 저들의 속도가 힘을 내지 못할 장소요. 이미 성주님과는 이야기가 되어 있는 곳이오."

"어느새 지형을 살폈단 말입니까?"

이제 십자성의 고수들에게 타르두는 온전히 십자성의 사람으로 인정받고 있었다.

그래서인지 옥서스에 가기 전까지만 해도 반하대를 하던 십자성 고수들이 이젠 그의 나이를 생각해 꼬박꼬박 존칭을 사용했다.

반면 타르두는 처음 그들을 만났을 때와 변함없는 말투로 십자성 고수들을 대했다.

"지난밤에 숙영을 할 때 살펴두었소."

"아이고, 부지런도 하셔라. 잠도 자지 않으시고. 역시 나이가 들면… 흐흠."

이위령이 농을 하려다 말고 입을 닫았다. 지금의 상황이 농이나 하고 있을 때가 아니라는 것을 알고 있기 때문이다.

"이젠 그대가 앞장서시오."

"예, 성주!"

적풍의 말에 타르두가 짧게 대답하고는 달리는 말에 채찍을 가해 앞으로 질주하기 시작했다.

일행은 반 차간 정도를 더 달렸다. 그러자 기이한 숲이 나타났다.

비록 겨울 초입이라고는 해도 아직은 나뭇가지에 낙엽이 남아 있을 시기, 그런데 그들의 눈앞에 있는 나무들은 가지의 잎이 모두 떨어져 앙상한 뼈대만 남아 있었다. 그런 나무들의 숲, 신령스러운 은빛 피부와 높은 키를 가진 나무들의 숲이 그들을 기다리고 있었다.

처음 십자성 무사들은 자작나무 숲인가 싶었지만, 자세히 보니 그렇지도 않았다. 자작나무와 달리 나무껍질이 매끈하게 이어져 있었기 때문이다.

"이곳입니다."

달리던 말을 멈춘 타르두가 신령스러운 숲을 가리키며 말했다.

"좋군."

적풍은 단번에 이 숲이 바람의 왕국 전사들을 맞이해 싸우기가 적당한 곳이라는 것을 알아챘다.

"좋군요. 숲의 빛이 눈부셔서 안쪽의 사정이 잘 보이지 않을 것이고, 굵고 촘촘히 서 있는 나무들로 인해 저자들이 속도를 제대로 내지 못할 겁니다. 더군다나 잎이 모두 떨어졌으니 숨어들어 기습하기도 어렵군요. 좋은 장소입니다. 아바르강과도 그리 멀지 않으니 만약의 경우 퇴로(退路)로도 좋습니다."

소두괴가 빠르게 숲의 장점을 열거했다. 그러자 적풍이 고개를 끄떡이고는 일행을 보며 말했다.

"추격자들이 보일 정도의 거리까지만 들어가 진영을 구축한다. 오래 머물 수도 있으니 단단하게 진영을 만들어야 한다."

"예, 성주!"

십자성의 무사들이 일제히 대답했다.

"몇이나 잃었는가?"

적풍이 아바르 전사 출신을 이끄는 구룡과 길 잃은 샤 출신을 이끄는 무상에게 물었다.

무상은 대부분의 샤를 십자성에 남기고 그들 중 고르고 고른 일곱 명의 샤만 데리고 이 구원대에 참여 중이다.

"둘이 오지 못했습니다."

무상이 대답했다. 대답하는 무상의 얼굴이 침통하다.

그러자 적풍이 이번에는 구룡을 바라봤다.

"한 명입니다."

"모두 셋이군. 살아 있다면 구할 길을 찾고 죽었다면 그 빚을 받아낸다. 만약 셋 모두가 죽었다면… 저들 중 누구도 살아 돌아가지 못한다."

적풍이 어느새 숲 앞까지 추격해 온 바람의 왕국 전사들을 보며 말했다.

제2장
은빛 숲에서…

바람의 왕국 대선주 장유소는 망설였다.

진격의 명을 내리기가 쉽지 않았다. 그렇다고 그대로 두고 보자니 이 기이한 숲으로 들어간 아바르의 사황자 일행이 곧 사라져 버릴 것만 같았다.

그들이 사라져서는 이 싸움은 거의 실패라고 봐도 무방하다.

황벽산의 다리는 무너졌고, 삼황녀 적화우는 며칠을 더 버틸 것이다. 그사이 아바르의 구원대 본진이 도착하면 외려 포위당하는 쪽은 그들 자신이 될 수도 있었다.

더군다나 이곳은 아바르의 영역, 시간이 지날수록 포위망은 촘촘해질 것이다.

그러니 만약 오늘 이곳에서 아바르의 사황자를 제압하지 못하면 네 왕국의 전사들은 아무런 성과 없이 퇴각해야 할 수도 있었다.

그렇게 되면 향후 정세는 한 치 앞도 예측할 수 없다. 공격받은 무황이 가만히 있을 거라고는 누구도 생각할 수 없었다.

적어도 무황의 발을 묶으려면 그들 손에 삼황녀든 사황자든 누구라도 있어야 했다.

그리고 사황자에게는 두 개의 신검이 있다.

오늘 두 눈으로 본 그 신검들의 위력이 대선주 장유소의 욕망을 부채질했다.

두 개의 신검을 손에 넣을 수만 있다면, 그래서 온전히 칠왕의 모습을 갖출 수만 있다면 어쩌면 칠왕의 왕국들은 더 이상 신혈의 아바르를 두려워하지 않아도 될지 모른다.

더군다나 운이 좋다면 장유소 자신이 그 신검을 근거로 새로운 왕국을 건설할 수도 있을 것이다.

"기회는 자주 오는 것이 아니지."

장유소가 중얼거렸다.

그러자 그의 수하가 물었다.

"무슨 말씀이신지요?"

"신검을 취득할 기회가 자주 오는 것은 아니란 말이다."

"하지만 다른 왕국의 전사들이 올 때까지 기다리자면 저들은 멀리 사라지고 말 것입니다."

"그래서 숲으로 들어가 볼 생각이다."

"하지만……"

장유소의 수하는 장유소 자신이 내린 명을 기억하고 있었다. 다른 왕국의 전사들이 도착할 때까지는 접전을 피하라고 명한 장유소였다.

그런데 지금 장유소는 스스로 자신의 말을 지키지 않고 신검을 욕심내고 있었다.

그러나 그의 수하는 장유소를 만류할 수 없었다. 어느새 장유소의 눈에 깃든 욕망의 기운을 보았기 때문이다. 하긴 천하의 주인이 될 수 있는 신검이다. 야심가라면 누구라도 욕심나지 않을 수 없었다.

오랫동안 장유소를 따른 자가 장유소의 야망을 모를 리 없었다.

"숲으로 들어간 것은 쥐가 스스로 덫에 들어간 것이나 다름없다. 초원에서는 몰라도 숲에서는 포위망을 더욱 촘촘하게 만들 수 있지. 그렇게 한 후 그들의 목숨과 신검을 바꾸는 거래를 할 수도 있을 것이다. 숲으로 들어간다."

"알겠습니다."

수하가 순순히 대답했다. 솔직히 말하자면 그 수하조차도 지금까지 아바르의 사황자를 추격하는 장유소의 전술이 너무 소극적이었다고 생각하던 참이다.

아무리 뛰어난 자들이라도 열 배에 가까운 전력의 차이를 극복한다는 것은 불가능하다는 것이 그의 생각이다.

"포위망을 넓혀라. 반격이 있을 수도 있겠으나 숲에서는 화살의 위력이 반감되니 조심만 한다면 위험하지는 않을 것이다."

"예, 대선주!"

수하가 대답하고는 손을 들어 바람의 왕국 전사들에게 진격을 명했다.

"도망치는 사냥감은 간혹 그곳이 막다른 곳인 줄 모르고 몸을 숨길 생각만으로 스스로 굴속으로 들어가는 법이지. 그럼 그 순간 사냥은 끝난 거다."

장유소가 중얼거렸다.

신령스러운 흰 숲에 진입하는 문제를 두고 쫓는 자와 쫓기는 자의 생각이 정반대로 갈라졌다.

쫓기는 자는 반격의 기회가 만들어질 수 있다고 생각했고, 쫓는 자는 적이 막다른 골목으로 들어섰다고 생각했다.

그리고 그 결과는 그들 스스로 증명해야 할 터였다. 그 결과에 따라 네 왕국의 원정 역시 성패가 결정될 가능성이 컸다.

"오고 있습니다."

숲의 경계에서 추격자들의 움직임을 살피고 있던 이위령이 바람처럼 달려와 적풍에게 전했다.

"성급한 자군."

적풍이 두 개의 신검을 무릎 위에 올려놓으며 중얼거렸다.

"그래도 숲으로 들어온 놈들의 숫자가 일백이 넘습니다. 나머지 절반은 숲 밖에서 만약의 경우에 대비하는 것 같습니다."

이위령이 긴장한 표정으로 말했다.

"중요한 것은 그자의 위치야."

적풍이 말했다.

"그 장유소라는 자 말이군요."

"그를 제압하면 일은 끝나. 그러니 그자의 위치를 파악하는 것이 가장 중요하다. 잘 살펴봐."

"알겠습니다."

"타르두 노인과 함께 가지."

"하지만……."

이위령이 망설였다.

그러자 타르두가 앞으로 나서며 말했다.

"짐은 되지 않을 거요."

"하지만 저들은 칠왕의 후예 중 가장 빠르다는 자들입니다."

"난 천인총의 대추격전에서 살아난 사람이오. 초원이 아니라면 그 누구도 날 잡을 수 없소."

타르두가 단호하게 말했다.

그제야 이위령은 이 노인의 과거가 어땠는지를 깨달았다. 그리고 그 과거를 떠올리자 군말 없이 노인과의 동행을 수긍했다.

"그렇군요. 알겠습니다. 같이 가시죠."

이위령이 승낙하자 타르두가 적풍에게 가볍게 고개를 숙여 보이고는 이위령보다 먼저 진영을 벗어났다.

"아이고, 노인네가 성미는 급해서……."

이위령이 다급하게 타르두를 쫓으며 투덜거렸다.

"화살이 얼마나 있지?"

타르두와 이위령이 떠나자 적풍이 구룡에게 물었다.

"오백여 발 있습니다."

구룡이 대답했다.

본래 십자성의 고수들은 활과 화살에 익숙하지 않지만 아바르의 전사 출신들은 달랐다.

그들은 출전에 앞서 항상 활과 화살을 챙겼다. 그리고 이 숲에서는 그 활과 화살이 요긴하게 쓰일 때였다. 나무들이 활 공격을 방해할 거란 장유소의 예상과 달리.

"나무들을 베어 넘겨 주변을 막는다. 그리고 접근하는 자들을 활로 공격한다. 화살을 아껴야 한다. 화살 한 대에 한 명의 적을 쓰러뜨린다는 마음으로 화살을 써라. 숲에서 화살을 난사하는 것은 어리석은 일이다."

"예, 성주!"

"화살 공격에 당하는 자들이 나오면 저들의 전진도 멈출 것이다. 그리고 그쯤이면 그자의 위치가 파악되겠지. 그때 그자를 사냥한다."

바람의 왕국 전사들을 이끌고 있는 대선주 장유소를 두고 하는 말이다.

"알겠습니다, 성주!"

십자성의 무사들이 일제히 대답했다.

"시작하지."

적풍이 명하자 십자성의 무사들이 검을 휘둘러 거대한 은빛 나무들을 베어 넘기기 시작했다.

쿵쿵!

고수들의 검에 베어진 나무들이 쓰러지면서 큰 소음을 만들어냈다. 숲에 숨어 있는 자들이라면 절대로 피해야 하는 소란을 스스로 일으킨 대신 십자성의 무사들은 그들의 진영 주위에 단단한 방어막을 순식간에 만들어냈다.

픽!

"억!"

한마디 비명과 함께 바람의 왕국 전사 한 명이 뒤로 날려가 눈부신 은빛 나무에 꽂혔다.

그의 심장을 관통한 화살 하나가 나무 깊이 꽂혀 있다.

"조심해! 특별한 화살을 가지고 있는 것 같다!"

숲으로 들어온 자들 중 누군가가 동료들에게 경고했다. 그러자 그들의 걸음이 순식간에 느려졌다.

한 대의 화살로 한 명의 목숨이 사라진 이후 숲은 고요해졌다. 그리고 그 고요가 길어지자 동료의 죽음으로 긴장한 자들이 다시금 용기를 내어 몸을 움직였다.

스슥!

바람의 왕국 전사 중 다섯이 서로 눈빛을 교환하더니 거의 동시에 몸을 움직였다.

그들이 움직이는 모습은 그림자가 흐르는 것 같아서 보였다 싶은 순간 다시 나무 뒤로 사라졌다.

그런데 그 순간 다시금 허공을 가르는 바람 소리가 일어났다.

파앙!

나무와 나무 사이를 뚫고 검은 화살이 날았다. 바람의 왕국 전사들이 재빨리 은빛 나무 뒤로 몸을 숨겼다.

허공을 가르고 날아온 화살이 그대로 은빛 나무 중 하나를 꿰뚫었다.

퍼억!

강력한 파열음과 함께 화살이 나무를 관통했다.

"욱!"

순간 나무 뒤에 몸을 숨긴 자가 신음 소리를 내며 자신의 옆구리를 부여잡았다. 그의 옆구리로 나무를 뚫고 나온 화살촉이 보이고 그 촉을 따라 붉은 피가 흘러내렸다.

"끄으윽!"

화살을 맞은 자가 고통스러운 신음을 흘려냈다. 그러자 그의 동료가 몸을 낮추고 다가가 재빨리 화살의 중간을 검으로 베었다.

"헉!"

나무와 자신의 몸을 연결하고 있던 화살이 부러지자 화살을 맞은 자가 그대로 앞으로 쓰러졌다.

"생명에는 지장 없어! 참아!"

그를 구한 자가 쓰러진 동료를 끌고 좀 더 굵은 나무 뒤로 몸을 숨겼다.

한 명의 전사가 다시 쓰러지자 이젠 그 누구도 함부로 전진하지 못했다. 그렇게 바람의 왕국 전사들의 걸음이 신비스러운 은빛 숲에서 공포스러운 화살에 묶여 버렸다.

"솜씨가 좋구나."

적풍이 화살을 쏜 와한을 칭찬했다.

와한은 활과 화살을 가지고 있지 않았지만, 적이 등장하자 아바르 출신 무사에게서 활과 화살을 빌려 놀라운 솜씨를 보였다.

"궁백 아저씨에게 배운 겁니다. 오늘 제대로 써먹네요."

와한이 대답했다.

"궁백… 그렇군. 오늘 같은 날은 그가 그립군."

적풍이 말했다.

궁백은 명계에서 적풍이 십자성을 세우던 시기 그를 따르던 신혈족 중 가장 뛰어난 궁술을 지닌 사람이었다.

그의 화살은 백발백중을 넘어 가끔씩 장애물을 휘감아 돌아 뒤에 숨은 적의 심장을 맞출 정도로 놀라웠다.

만약 그가 오늘 이 자리에 있었다면 바람의 왕국 전사들은 감히 나무 뒤에 숨을 엄두조차 내지 못했을 것이다.

"다시 한 번 쏴봐. 나무 뒤에 숨은 놈들이 많아."

파간이 와한에게 말했다.

그러자 와한이 고개를 저었다.

"이젠 어려워. 저자들이 화살이 뚫기 어려운 굵기의 나무 쪽으로 몸을 숨겼어."

"쩝, 아쉽군. 난 모든 나무를 뚫을 수 있는 줄 알았지."

"그건 누구도 불가능한 일이야."

와한이 냉정하게 말했다.

그러자 적풍이 그런 와한에게 손을 내밀었다.

"줘봐."

"성주께서 직접 쏘시게요?"

와한이 의아한 표정으로 적풍에게 활을 넘겼다. 그는 지금까지 적풍이 활을 쓰는 것을 거의 보지 못했다.

와한에게서 활을 건네받은 적풍이 화살을 시위에 걸었다. 그러고는 갑자기 화살의 방향을 허공으로 향했다.

"어디에 쏘시려고요?"

와한이 갑작스러운 행동에 놀라며 물었다. 적풍이 와한의 질문에 대답하는 대신 그 방향 그대로 시위를 놓아 화살을 날려보냈다.

파앙!

시위를 떠난 화살이 그 속도를 이기지 못하고 파공음을 만들어냈다. 그러고는 순식간에 한 그루 아름드리 은빛 나무 상단에 도달했다.

픽!

적풍이 쏜 화살이 그대로 나무의 상단을 뚫고 지나갔다. 순간 나무 위에서 외마디 비명이 터져 나왔다.

"악!"

비명과 함께 화살에 격중된 바람의 왕국 전사 한 명이 추락했다.

쿵!

나무 위에서 떨어진 자가 만들어낸 소리가 주위를 크게 흔들었다. 그러자 몇몇 바람의 왕국 전사들이 급히 떨어진 자 주위로 모여들어 동료의 몸을 끌고 나무 뒤로 몸을 숨겼다.

그 와중에 몇몇 나무 위에서 바람의 왕국 전사들이 분주하게 땅으로 내려왔다.

"이제 보니 나무 위에도 숨어 있었군요. 잎이 없어 몸을 숨기기 어려운데."

와한이 멋쩍은 표정으로 중얼거렸다.

"추격자들은 항상 높은 곳에 위치하길 원한다. 시야를 확보하기 위해서지."

적풍이 덤덤하게 말했다.

"명심하겠습니다."

와한이 대답했다.

"하지만 이제는 어느 놈도 나무 위로 올라가지 않을 것 같은데요?"

파간이 주위의 나무 위를 살피며 말했다. 그러자 곁에서 조어장이 경고하듯 말했다.

"그래도 경계를 늦추면 안 된다."

"물론 그래야지요."

파간이 재차 주위 나무를 살피며 말했다.

기이한 대치는 이각 정도 이어졌다. 추격자들은 더 이상 적풍 일행이 있는 곳으로 다가오지 못했고 그렇다고 후퇴하지도 않았다.

적풍과 십자성 무사들도 굳이 다가오지 않는 자들에게 허무하게 화살을 날리지 않았다.

모두가 발이 묶인 상황, 그러나 변수가 일어날 시간은 그리 오래 남아 있지 않았다.

스스슥!

숲에 바람 스치는 소리가 일어나는가 싶더니 어느새 이위령과 타르두가 적풍 앞에 나타났다.

"어후, 정말 대단하셔!"

이위령은 십자성 진영에 돌아오자마자 타르두를 보며 엄지를 치켜들었다. 적의 동태를 살피고 돌아오는 동안 타르두가 보여준 움직임에 대한 감탄이다.

"살기 위해 배운 것이오."

타르두가 덤덤하게 대답했다.

"누군 아닙니까? 하지만 어르신 같은 움직임은 절대 배워서만 얻을 수 있는 건 아니지요. 과연 흑수족입니다."

"흑수족이라는 것, 별로 좋아하는 내력은 아니오. 고난과 비참함의 이름이니까."

타르두가 말했다.

그러자 이위령이 고개를 저었다.

"그건 아니지요. 좋은 재능을 전해준 혈통은 아무 죄가 없습니다. 그걸 어떻게 쓰느냐는 각자의 몫이지요."

이위령의 말에 타르두가 당황한 표정을 짓다가 이내 수긍했다.

"맞는 말이오. 사실 타고난 피가 무슨 상관이겠소. 외려 좋은 재능인데. 그저 우리가 각자의 욕심을 제어하지 못해 생긴 일이지. 그건 그렇고, 성주님, 그자의 위치를 파악했습니다."

타르두가 자신의 신세 한탄보다 몇 배 급한 문제를 꺼내 들었다.

"어디요?"

"숲 북동쪽에 제법 큰 바위가 있습니다. 그곳에서 숲을 살피며 바람의 왕국 전사들을 지휘하고 있습니다."

"좋아, 그리로 가지."

적풍이 자리를 털고 일어났다.

"그러나 그를 공격하면 사방에서 적들이 몰려들 겁니다."

타르두가 급히 말했다.

"그전에 제압하면 되는 일 아니오?"

"하지만 그는……."

하고 싶은 말은 장유소가 바람의 왕국에서도 최고의 강자 반열에 올라 있는 인물이란 것이다. 그러므로 적풍 역시 그를 쉽게 제압하기는 어렵다는 말을 하고 싶은 타르두다.

그러나 타르두는 결국 그 말을 하지 못했다. 두 개의 신검을 든 적풍이라면 장유소조차도 단숨에 꺾이고 말 것 같은 느낌이 들었기 때문이다.

냉정한 논리보단 자신의 직감을 택한 타르두가 순순히 적풍의 앞에 섰다.

그러자 적풍이 진영 안에 있는 십자성의 무사들을 보며 말했다.

"내가 나가면 적당한 시차를 두고 화살로 저들을 공격해 놈들의 이목을 잡아둔다. 그자를 잡으면 결국 이 싸움은 끝날 테니까."

"예, 성주님!"

십자성의 고수들이 일제히 대답했다.

"갑시다."

적풍의 말에 타르두와 이위령이 진영의 뒤로 물러나 뒤쪽 방향으로 움직이기 시작했다.

진영 뒤로 사라지는 적풍 등 세 사람의 모습을 바람의 왕국 전사들이 보았을 수도 있겠지만, 그들은 감히 세 사람을 추격할 수 없었다. 왜냐하면 잠깐 모습을 드러낸 자들을 향해 여지없이 화살이 날아와 무서운 힘으로 은빛 나무에 꽂혔기 때문이다.

적풍은 숲의 북동쪽으로 멀리 물러났다. 그리고 적들이 더 이상 세 사람을 볼 수 없는 곳에 이르자 이번에는 방향을 틀어 서북쪽으로 크게 곡선을 만들며 달리기 시작했다.

적풍의 좌우에서 타르두와 이위령이 마치 쌍둥이처럼 빠른 속도를 길을 열고 있다.

그럼에도 불구하고 세 사람의 발밑에선 큰 소리가 나지 않았다. 여름 내 자란 나뭇잎들이 이르게 떨어져 쌓여 있었지만 세 사람의 발은 낙엽 부서지는 소리조차 거의 내지 않았다.

방법은 달랐다.

적풍과 이위령은 무공 수련을 통해 얻은 뛰어난 보법에 의지해 소리를 죽였고, 타르두는 귀신같이 낙엽이 아닌 바위나 이끼를 찾아 밟아서 소리를 내지 않았다.

그렇게 진영을 떠난 후 쉬지 않고 이각 정도를 달린 세 사람이 한순간 약속이나 한 듯 걸음을 멈췄다.

걸음을 멈춘 직후 이위령이 말없이 손을 들어 정면을 가리켰고, 적풍은 이위령의 손짓에 고개를 끄떡였다.

적풍의 눈에 이십여 장 거리를 두고 땅에 내려앉듯 박혀 있는 거대한 바위가 보였다.

오랜 세월 동안 바람에 깎여 위가 둥글둥글한 모습을 한 바위 위에는 세 사람이 올라 있었다.

그리고 그중에 장유소가 있었다.

바위 주변으로는 십여 명의 바람의 왕국 전사들이 경계를 서고 있었는데 그들의 시선은 동남쪽, 십자성 무사들이 구축한 진영을 향해 있었다.

장유소와 그의 수하들을 살피던 적풍이 문득 손을 들었다. 그러자 이위령과 타르두가 미끄러지듯 다가왔다.

"주위를 끌 수 있겠나?"

적풍이 이위령에게 물었다.

"어쩌시려고?"

이위령이 되묻자 적풍이 손을 들어 장유소 등이 올라 있는 바위 뒤쪽, 까마득한 높이로 서 있는 은빛 나무 세 그루를 가리켰다.

순간 눈치 빠른 이위령이 금세 적풍의 의도를 알아챘다.

"알겠습니다."

이위령은 대답을 하고 난 후 망설이지 않고 움직였다.

"그대는 뒤를 봐주시오."

적풍은 타르두에게 당부한 후 장유소가 올라 있는 바위 뒤쪽을 향해 움직였다.

"모셔오긴 했지만 과연 일이 제대로 될지……."

타르두가 적을 향해 움직이는 적풍과 이위령을 보며 걱정스럽게 중얼거렸다.

한 자루 비도가 허공에서 빙글빙글 회전하며 공기를 갈랐다. 그리 빠르지 않은 속도였는데 그럼에도 비도가 향하는 곳에 있는 자가 눈치를 채지 못한 것은 아마도 은빛 나무들이 반사해 내는 햇빛 때문이었을 것이다.

그리고 그 눈부신 백색의 빛 속에서 비도를 발견했을 때는 이미 너무 늦은 후였다.

"퍽!"

비도가 그대로 사내의 가슴에 꽂혔다.

"욱!"

바위 주변에서 주변을 경계하던 바람의 왕국 전사 한 명이 그대로 앞으로 고꾸라졌다.

"적이다!"

동료의 죽음을 목격한 다른 전사가 검을 들어 앞을 막으며 소리쳤다. 그 순간 이위령이 닥쳐들었다.

"한판 놀아보자고!"

이위령의 창이 그대로 사내의 가슴을 찔렀다. 순간 사내가 들고 있던 검으로 이위령의 창을 가까스로 비껴내며 뒤로 나뒹굴었다.

그런 사내를 쫓아 이위령이 허공에서 자세를 바꾸며 세 번

연속 창을 내리꽂았다.

퍼퍼퍽!

이위령의 날카로운 창날이 갑옷 자락을 뚫고 들어가 사내의 몸에 상처를 냈다.

"이놈!"

이위령이 적의 마지막 숨통을 끊으려는 순간 갑자기 바위 위에서 장유소를 호위하던 자가 호통을 치며 뛰어내렸다.

그뿐 아니라 주변에서 경계를 서던 바람의 왕국 전사들 역시 무서운 속도로 이위령을 포위해 왔다.

"운이 좋구나. 살았어."

이위령이 땅을 구르는 적을 보며 빙긋 웃어 보였다. 그러고는 훌쩍 몸을 날려 몰려드는 바람의 왕국 전사들에게서 벗어났다.

"죽여라!"

장유소의 곁을 떠나 이위령을 공격하려던 자가 차갑게 소리쳤다.

그러자 바람의 왕국 전사들이 특유의 빠른 움직임으로 재차 이위령을 포위해 왔다.

"좋아, 나도 도망갈 생각은 없으니까."

이위령은 은빛 나무 하나를 등지고 자신을 향해 달려드는 바람의 왕국 전사들을 보며 비릿한 웃음을 흘렸다.

그러고는 천천히 자신의 장창을 회전시키기 시작했다.

우우웅!

허공을 메우기 시작한 창의 그림자가 어느 순간 이위령의 몸을 가릴 정도로 빨라졌다.

그러더니 갑자기 창영(槍影)들 사이에서 한 줄기 빛이 뻗어 나와 다가오는 바람의 왕국 전사 중 한 명의 목을 뚫고 지나갔다.

"컥!"

이위령의 창에 격중된 자가 비명도 제대로 질러보지 못하고 쓰러졌다.

"와라! 십자성의 무서움을 알려주마!"

피를 본 이위령이 신혈의 투기를 폭발시키며 소리쳤다. 다섯 명의 적을 사방에서 맞이하면서도 이위령의 눈에선 전혀 두려움을 찾아볼 수 없었다.

"십자성이라……. 아바르 사황자의 성이라고 했던가?"

"그렇습니다."

홀로 남은 장유소의 수하가 대답했다.

"대단하군."

"태양의 사막, 쿰 변경에서부터 시작된 그들의 여행에 대한 소문이 사실이라면 대단한 자들이지요."

"오손의 전사들이 두려워한 이유를 알겠어."

"천인총도 마찬가집니다. 그래서 아직도 오지 않고 있지 않습니까?"

수하의 말에 장유소가 고개를 들어 숲 남서쪽 초원을 바라봤다. 숲 밖에 대기하고 있는 백여 명의 바람의 왕국 전사들을 제외하고는 아무도 보이지 않았다.

"시간은 충분했을 텐데……"

"이 일을 우리에게 미룬 듯합니다."

"영악한 자들."

"우리도 돌아가야 하는 것이 아닐까요?"

"이대로 돌아갈 수는 없다. 신검을 앞에 두고."

장유소는 여전히 탐욕에 물들어 있었다.

"그러나 본 왕국의 전사들이 전진을 하지 못하고 있습니다."

"일단 저자를 제압하고 나서 생각해 보지. 그런데 정말 빠르군. 기습을 노릴 만해."

장유소가 바람의 왕국 전사들을 상대하고 있는 이위령을 보고 감탄했다. 이위령은 다섯이나 되는 적을 상대로도 전혀 밀리는 기색이 없었다.

숫자의 불리함은 은빛 나무들을 교묘하게 이용해 상쇄했고, 신혈족으로서 타고난 빠름은 바람의 왕국 전사들을 능가했다.

더군다나 그의 창술은 강호무림에서도 적수를 찾기 힘든 것이어서 비록 적의 숫자가 많다고 해도 능히 그들 모두를 감당하고 있는 이위령이었다.

"창술을 수련한 자는 칠왕의 땅에서 흔치 않은데요."

장유소의 수하가 이위령의 창술이 신기한지 중얼거렸다.

"그렇긴 하지. 하지만 아바르의 전사들이 수련한 무공은 십병초인 황천산의 무공이네. 이십팔룡 중에서 그만이 모든 병기에 능통했지. 그러니 그중 창술을 수련한 자가 있을 수도 있는 것 아니겠나?"

"하긴 그렇군요."

장유소의 수하가 고개를 끄떡였다.

그러자 장유소가 잠시 더 이위령과 바람의 왕국 전사들의 싸움을 지켜보다가 나직하게 말했다.

"음, 결국 내가 나서야겠군."

"그러실 것까지야……. 시간이 지나면 결국 제압될 겁니다. 아무리 뛰어나도 결국 한 명인데요."

"문제는 시간이야. 곧 날이 어두워지고 그들이 어둠 속에 숨어버리면 더 이상 기회가 없을지도 모르네."

"하긴 그렇군요."

"그러니 번거로워도 할 수 없지. 내가 나서는 수밖에."

장유소가 허리춤에서 검을 뽑으며 말했다.

그런데 그때 마치 구름이 그의 머리 위를 지나가듯 그늘이 만들어졌다. 처음 장유소는 자신의 머리 위에 드리우는 그늘에 전혀 관심을 두지 않았다. 저녁 무렵 하늘의 구름이 해를 가리는 것은 자연스러운 일이기 때문이다.

그러다가 갑자기 장유소는 눈을 부릅뜨며 부르르 몸을 떨었다. 그리고 설마 하는 표정으로 고개를 들어 하늘을 바라봤다. 그러자 그의 눈에 자신의 머리 바로 위까지 다가와 있는 검은 구름이 들어왔다.

"헛!"

캉!

장유소의 입에서 헛바람이 새어 나오는 것과 동시에 머리 위로 들어 올린 그의 검이 강력한 파열음과 함께 그대로 부러져 나갔다.

장유소는 본능적으로 검이 부러지는 반탄력을 이용해 바위 아래로 몸을 날렸다.

그런데 그런 장유소를 향해 마치 그물이 펼쳐지듯 검은 구름이 그대로 덮쳐왔다.

콰아아!

검은 구름이 난파당한 뱃사람을 덮치는 파도처럼 한순간에 장유소를 휘감았다.

"누구냐?"

검은 구름에 휩싸인 채 부러진 검을 휘두르며 장유소가 소리쳤다. 그러자 검은 구름 속에서 이번에는 시뻘건 불기운이 솟구쳤다.

"당신이 만나고 싶어 하는 사람!"

쾅!

다시 장유소의 검이 무엇인가에 부딪쳤다. 그러자 그의 검이 충돌한 지점에서 뜨거운 화염이 치솟았다.

"욱!"

장유소가 자신을 덮치는 열기에 놀라 자신도 모르게 고개를 돌렸다. 순간 두툼한 손 하나가 불길 속에서 튀어나와 장유소의 목을 움켜쥐었다.

"컥!"

목을 죄는 손 때문에 숨이 막힌 장유소의 얼굴이 순식간에 하얗게 변했다. 그리고 그 순간 검은 구름이 걷히고 적풍이 모습을 드러냈다.

"모두 멈춰라! 아니면 이자는 죽는다!"

적풍의 낮고 무거운 음성이 눈부신 은색 숲으로 퍼져 나갔다.

"에휴! 다음번에는 네 녀석들 중 한 명은 반드시 데려가야겠어. 이거 나이가 들어서 그런지 사람 하나 지고 오는 것도 힘드네."

쿵!

이위령이 어깨에 메고 있던 장유소를 땅바닥에 내려놓으며 와한과 파간에게 투덜거렸다.

"정말 그자군요."

와한과 파간이 이위령의 옆으로 다가와 신기한 동물 구경하듯 장유소의 얼굴을 들여다봤다.

"그러니까 데리고 왔지."

이위령이 어깨를 툭툭 쳐 먼지를 털며 말했다.

"이제 거래를 하면 되겠군요."

소두괴가 침착한 표정으로 장유소의 앞에 쪼그려 앉으며 말했다.

"그건 그대가 알아서 해."

적풍이 소두괴에게 말했다,

"걱정 마십시오. 그나저나 저들은 어쩌죠?"

소두괴가 십자성 무사들의 진영 이십여 장 밖까지 다가와 사로잡힌 장유소의 안위를 살피고 있는 바람의 왕국 전사들을 보며 말했다.

"놔둬. 이자가 있는 한 공격은 하지 못할 테니까."

적풍이 대답했다.

"알겠습니다. 그럼 일단 아혈을 풀고……."

소두괴가 손을 들어 장유소의 귀 아래쪽을 누르자 장유소가 헛기침을 해댔다.

"커컥!"

급하게 헛기침을 하느라 장유소의 얼굴이 벌겋게 달아올랐다.

"물 좀 마시겠소?"

기침을 해대는 장유소에게 소두괴가 물주머니를 들이밀었다. 그러자 장유소는 소두괴를 노려보더니 사양치 않고 물주머니를 받아 두어 모금 마셨다.

그러고 나선 물주머니를 내던지며 날카롭게 소리쳤다.

"너희들이 지금 누굴 건드렸는지 아느냐?"

"그런 당신은 당신들이 대체 누굴 건드렸는지 아시오?"

소두괴가 지지 않고 물었다.

그러자 장유소가 자신도 모르게 고개를 돌려 적풍을 바라봤다.

하지만 적풍은 장유소에겐 별 관심이 없는지 진영 안쪽으로 들어가 은빛 나무에 등을 기대고 앉았다.

"그와 이야기하겠다."

장유소가 적풍을 노려보며 말했다.

그러자 소두괴가 고개를 저었다.

"그럴 수는 없지. 성주님을 상대하려면 바람의 왕국 왕 정도는 와야 하오. 당신 정도는 내가 상대하는 것이 맞소."

"놈! 내가 누군지 아느냐?"

"듣자 하니 바람의 왕국에 오대선단이 있고, 당신은 그중 제일대선단을 맡고 있는 사람이라고 하더군."

"내가 바람의 왕국 제일대선주임을 알면서도 감히 이런 짓을 하느냐?"

"후후, 그런 당신들은 이곳이 어딘 줄 알면서도 감히 아바르의 제왕이신 무황님의 자녀분들을 노렸소? 대체 어느 쪽이 더 무례하고 위험한 짓이라고 생각하오?"

소두괴가 되묻자 장유소가 할 말을 잃고 얼굴을 붉혔다.

"자, 그러니 쓸모없는 화는 잠시 참으시고 실질적인 대화를 나눠봅시다."

"원하는 게 뭐냐?"

"우리 쪽 사람 세 명이 오지 못했소. 그들을 데려와 줘야겠소."

"그들이 살아 있겠느냐?"

장유소가 비웃음을 띤 표정으로 물었다.

그러자 소두괴가 작은 검을 들어 검 끝으로 머리를 긁적이며 말했다.

"아마⋯ 살아 있어야 할 거요. 그들이 죽었다면 당신도 살아 있을 이유가 없으니까 말이오."

픽!

소두괴의 머리를 긁던 검이 장유소의 발아래 꽂혔다.

그리고 잠시 후 소두괴가 땅에 꽂힌 소검을 다시 잡아 들며 말했다.

"생각해 보니 이 일은 당신과 거래할 일이 아니군. 당신 수하들과 거래할 일이지."

소두괴가 소검에 묻은 흙은 장유소의 옷자락에 닦아내고는 자리에서 일어났다.

그리고 진영 밖으로 걸어가 이십여 장 앞까지 다가와 있는 바람의 왕국 전사들을 향해 소리쳤다.

"해가 지고 있다! 해가 진 후에는 숲에 남아 있는 자들의 목숨을 보장할 수 없다! 그러니 내일 아침에 다시 와라! 올 때는 낙오한 우리 쪽 사람들을 데려와야 할 것이다! 부디 살아 있는 모습을 보길 바란다! 아니면 너희들도 너희들 대선주의 시체를 가지고 돌아가게 될 테니까! 그리고… 기습 같은 허튼 생각은 버려라! 기습에 관해서라면 우리가 훨씬 능숙하니까!"

소두괴는 자신이 할 말만 하고 몸을 돌려 십자성 고수들의 진영으로 돌아왔다.

그러고는 적풍에게 말했다.

"협상은 잘 끝났습니다."

"제길, 그게 무슨 협상이냐, 협박이지?"

이위령이 핀잔을 줬다.

"이 말 말고 더 할 말도 없잖아요?"

"뭐, 그건 그렇지만……."

이위령이 겸연쩍은 얼굴로 말을 얼버무렸다.

"이젠 모두 쉬도록 하지. 오늘 밤은 저들이 공격할 일이 없을 테니."

적풍이 십자성의 무사들을 보며 말했다.

"그래도 경계는 해야지요. 제가 나가 보겠습니다."

이위령이 창을 들며 말했다.

"그럴 필요 없을 것 같은데……"

적풍이 만류했으나 이위령은 굳이 진영을 벗어나면서 말했다.

"그래도 형제들 목숨이 걸린 일이니 조심해야지요."

이위령은 그 말을 남기고 은빛 숲 사이로 사라졌다. 그리고 소두괴의 경고가 먹혀들었는지 바람의 왕국 전사들 역시 숲에서 물러나기 시작했다.

바람의 왕국 전사들은 올 때와 마찬가지로 조용히 숲을 떠났다. 그들이 떠난 숲에 금세 어둠이 찾아들었다. 그러나 어둠이 내렸음에도 불구하고 숲은 신비스러운 은빛 나무들로 인해 여전히 신비로웠다.

적풍의 예상대로였다.

바람의 왕국 전사들은 기습을 시도하지 않았다. 그들뿐 아니라 천인총이나 오손의 전사들 역시 야간을 틈타 공격해 오지 않았다.

오히려 그들은 거의 대부분의 전사들을 밤을 틈타 본래 그들의 진영이 있던 황벽산 부근으로 퇴각시켰다.

황벽산에 고립되어 있다고는 해도 삼황녀 적화우의 능력은 기습을 걱정할 만큼 강력하기 때문이다.

적화우가 밤을 틈타 산을 내려와 기습한다면 자칫 절대적인 전력의 우위를 가지고도 이 싸움에서 패할 수 있었다. 그래서 함부로 전력을 나눌 수 없는 네 왕국의 수뇌들이다.

그렇게 조용한 밤이 지나고 다시 은빛 나무숲을 눈부시게 빛나게 만들 태양이 떴다.

그리고 아침 햇살과 함께 바람의 왕국 전사들이 숲으로 들어와 십자성 무사들의 진영으로 다가왔다.

제3장
반격의 반격

"두 명은 죽었고 한 명은 살아 있소. 물론 목숨이 위태롭긴 하오."

바람의 왕국 전사가 두 필의 말에 실어 온 십자성의 무사들을 가리키며 말했다. 말 한 필에는 죽은 두 사람이 함께 올려 있고, 다른 말 한 필에는 큰 부상을 입어 엎드리듯 말에 타고 있는 길 잃은 샤 출신의 도운이 있었다.

"보내라."

적풍이 진영 앞에서 분노가 섞인 표정으로 말했다.

"대선주님을 먼저 보내주시오."

그러자 적풍이 검을 들어 벼락처럼 대선주 장유소의 한 팔을 잘라 버렸다.

"악!"

대선주 장유소는 노련한 자여서 전쟁터라면 팔을 잘리는 고통쯤 소리 내지 않고 참을 수 있었지만, 지금은 고통보다 적풍의 갑작스러운 행동에 놀라 자신도 모르게 비명을 질렀다.

"무슨 짓이오?"

　십자성의 무사들을 데려온 바람의 왕국 전사가 황급히 소리쳤다.

　그러자 적풍이 살기가 도는 목소리로 말했다.

"십자성의 사람 둘이 죽었다. 나의 법에 따르면 마땅히 이자의 목을 베고 너희들은 단 한 사람도 살려 보내지 말아야 한다. 그러나 살아 있는 식솔 한 사람의 목숨도 중요해서 그를 보내면 이자를 살려주겠다고 한 것이다. 그러니 이 거래는 나로선 무척 손해 보는 거래다. 그러므로 거래는 내가 원하는 대로 해야 한다. 거래에 응하지 않겠다면 그도 좋다. 도운이라고 했나?"

　적풍이 큰 소리로 말 위에 엎드려 있는 십자성 무사에게 물었다.

"예, 성주!"

"저자들이 이자와 그대와의 교환을 원치 않으면 그대는 죽을 것이다. 그러나 그 대가는 저들 모두의 목숨으로 받겠다. 괜찮겠나?"

"물론입니다, 성주! 차라리 지금 그자의 목을 베십시오! 저와 같이 하찮은 길 잃은 샤 한 명 살리자고 바람의 왕국 대선주를 놓아준다는 것은 너무 손해 보는 장사지요!"

　도운이 큰 소리로 외쳤다.

"그대의 목숨이 이자의 목숨보다 나에겐 훨씬 중요하다. 다만 이미 죽은 식구들의 목숨값을 이자의 한 팔로 치른 것이 미안할 뿐이지. 자, 이제 선택하라."

적풍이 검을 들어 장유소의 목에 드리우며 말했다.

그러자 바람의 왕국 전사가 황급히 소리쳤다.

"됐소! 그만하시오! 이자들을 보내겠소!"

바람이 왕국 전사가 적풍을 만류하고는 동료들에게 고개를 끄떡였다. 지시를 받은 다른 전사들이 시신이 놓인 말과 부상당한 도운을 태운 말의 엉덩이를 쳐서 십자성 무사들 진영으로 보냈다.

그러자 와한과 파간이 재빨리 진영을 벗어나 말의 고삐를 낚아채 진영으로 돌아왔다.

"어서 이리로!"

와한과 파간이 돌아오자 길 잃은 샤들의 우두머리 무상이 급히 부상 입은 도운을 받아 내렸다.

"끄으으!"

도운이 부상의 고통을 이기지 못하고 신음을 냈다.

"잠시만 기다리게."

무상이 급히 도운의 상처를 살피며 말했다.

그사이 적풍은 장유소를 한 손으로 들어 도운을 싣고 온 말 위에 올렸다.

그러고는 그의 얼굴 가까이 눈을 들이대며 경고했다.

"이대로 돌아가서 뒤도 돌아보지 말고 강을 건너라. 다시 만나면 반드시 목을 벨 것이다."

"아바르는… 결국 멸망할 것이다."

장유소가 저주 같은 말을 해댔다.

"그래? 물론 그럴 수도 있겠지. 하지만 당신이 계속 황벽산 주변에 남아 있다면 당신은 아바르의 멸망을 보지 못할 것이다. 반드시 내 손에 죽을 테니까. 오늘 십자성의 형제 두 명을 잃은 대가가 끝났다고 생각지 말라."

"그대들이 죽인 본 왕국의 전사들이 훨씬 많다는 걸 모르느냐?"

"십자성의 형제 한 사람의 목숨은 내게 적의 목숨 일백으로도 대신할 수 없다. 만약 네 수하들의 목숨값을 받고 싶다면 남아서 싸워라. 서로가 서로에게 받아낼 빚이 있다면 결국 방법은 그것밖에 없으니까. 하지만… 나라면 강을 건너 돌아갈 것이다. 왜냐하면 오늘 내가 한 사람의 십자성 무사 목숨을 구하기 위해 당신을 살려 보내는 것과 같은 이유로 말이다. 남는다면 당신의 수하들은 결국 전멸하게 될 것이다. 곧 아바르의 구원군이 도착할 테니. 아니, 벌써 도착했을까? 푸른성의 성주는 배를 타고 올 테니까."

적풍이 고개를 갸웃하고는 더 이상 장유소의 말을 듣지 않고 가볍게 말 엉덩이를 쳤다.

그러자 장유소를 태운 말이 화들짝 놀라며 십자성 진영을 벗어났다. 바람의 왕국 전사들이 급히 달려 나와 장유소를 태운 말의 고삐를 잡았다. 그런 그들을 보면서 적풍이 다시 한 번 경고했다.

"숲을 떠날 때까지는 공격하지 않겠다! 숲을 벗어난 이후부터 싸움은 계속된다! 그러니 가능한 멀리 떠나라!"

적풍의 경고에 바람의 왕국 전사들은 아무런 말 없이 장유소를 데리고 은빛 숲을 벗어났다.

적풍은 바람의 왕국 전사들이 모두 떠날 때까지 움직이지 않았다. 그는 그들의 모습이 더 이상 보이지 않자 진영 안으로 들어와 도운을 치료하고 있는 무상의 곁으로 다가섰다.

"어떤가?"

적풍의 물음에 무상이 도운을 치료하던 손을 멈추고 대답했다.

"목숨이 위험한 것은 아닙니다만, 당분간 검을 들 수 없을 것 같습니다."

"움직일 수는 있겠나?"

"싸우는 것이 아니라면……."

무상이 말꼬리를 흐렸다. 지금의 상황은 누구라도 싸우지 않을 수 없는 상황이다.

"그대가 책임지고 보호한다."

적풍이 무상에게 명했다.

"알겠습니다."

무상이 당연히 자신이 해야 할 일이라는 듯 대답했다.

"다른 사람들은 숲을 나갈 준비를 한다."

"그들이 물러갈까요?"

이위령이 조심스럽게 물었다.

그러자 적풍 대신 소두괴가 대답했다.

"팔이 잘린 우두머리를 데리고 싸울 사람은 없어요. 황벽산으로 돌아가 다른 왕국의 전사들과 힘을 합치려 하겠지요. 그게 더 안전하니까."

"그런가? 그럼 크게 걱정할 일은 없겠군."

"두 가지 조건이 있어요, 안전하려면."

소두괴가 말했다.

"그게 뭔데?"

"사나흘 안에 반드시 일어나야 하는 일과 절대 일어나선 안되는 일이요."

"소 아우는 언제나 말을 돌려서 하는 게 흠이야. 속 시원하게 말해봐. 일어나야 하는 일은 뭐고 일어나면 안 되는 일은 뭐지?"

"일어나야 하는 일은 사나흘 안에 아바르의 구원군이 와야한다는 거고, 일어나면 안 되는 일은 그 사나흘 안에 혹시라도네 왕국의 전사들이 추가로 강을 건너오는 것이죠."

"그렇긴 한데, 그들의 전력이 강 너머에 더 있을까?"

"설마 천 명 가지고 아바르를 공격하려 했겠어요?"

"모르지. 삼황녀만 노린 거라면."

"그래도 그 숫자로는 어림없어요. 삼황녀님을 노릴 때는 만약의 일에도 대비가 되어 있다는 뜻이니까요. 적어도 몇 천은 더있을 거예요."

"몇 천씩이나?"

이위령이 믿을 수 없다는 듯 되물었다.

"애초에 아바르의 대원정을 막기 위해 모였을 것이니 그 정도 전력은 있겠지요. 그 상황에서 대원정이 취소되자 이 기회에 아바르와의 경쟁에서 우위에 설 방법을 찾으려 했을 겁니다. 이번처럼 칠왕의 전사들이 모두 모이는 것은 쉬운 일이 아니니까."

"그렇게 모인 자들이 강 건너에 고스란히 남아 있다? 그리고 만약의 경우 강을 넘을 거란 말이군."

"그럴 겁니다."

"그럼 전면전인데……."

"그건 두고 봐야겠지요. 지금 상황에선 누구도 전면전으로 인한 파국을 원치 않을 겁니다. 이것이 그들이 아직까지 강을 건너지 않은 이유이고요. 더군다나 월문주가 움직이고 있으니……."

"변경의 원주족 움직임도 변수란 말이군?"

"예. 그 소식은 아마도 이미 칠왕에게도 들어갔을 겁니다. 그들 역시 이런 기습적인 공격 말고 아바르와의 전면전은 부담스러울 겁니다. 칠왕의 땅을 원주족으로부터 지키는 것으로 말하자면 무황님보다야 당연히 그들이 더 큰 의무감을 느낄 테니까요. 칠왕의 탄생 이유 아닙니까?"

"하긴 그렇지."

이위령이 고개를 끄떡였다.

"아무튼 푸른호수 성의 전사들이 빨리 와야 합니다. 그래야 얼추 균형이 맞을 테니까요."

소두괴가 말했다.

"곧 오겠지. 적어도 책임감은 있는 사람으로 보였으니까."

듣고 있던 적풍이 말했다.

"맞습니다. 그 노파가 강골이긴 해도 위험을 회피할 사람처럼 보이지는 않았습니다."

이위령도 맞장구를 쳤다.

그러자 구룡이 대화에 끼어들었다.

"이번에 천일란 성주님을 만나면 주군께서도 마음을 열어주시기 바랍니다."

첫 만남 이후 줄곧 불편한 관계인 적풍과 푸른호수 성의 성주 천일란이다.

"그녀에게 달린 일이지."

적풍이 덤덤하게 대답했다.

"할아버님이 지난번 신혈제일성에 들르셨을 때 천 성주님과 많은 이야기를 하셨답니다. 그래서 아마도 이젠 천 성주께서도 처음처럼 주군께 무례하지는 않을 겁니다."

"맞습니다. 적어도 주군께서 아바르에 꼭 필요한 사람이란 걸 이젠 알았을 테니까요."

소두괴가 말했다.

"그것도 싫어. 너무 많은 기대를 받는 것은 부담스러운 일이지."

적풍이 심드렁하게 대답했다.

"그럼 최소한 그녀와 싸우지나 마세요."

"글쎄. 그건 그녀의 선택이지. 자, 그만 가자고!"

적풍이 훌쩍 말에 올라 앞으로 나아가기 시작했다.

그런 적풍을 보며 소두괴가 혀를 찼다.

"하여간 고집하고는……"

"그게 적씨 성을 가진 분들의 특징이지요."

구룡이 미소를 지으며 말했다.

"하긴, 하나같이 고집불통들이지. 자자, 가자고. 가서 또 싸워보자고!"

소두괴가 일행을 독려했다.

예상대로 바람의 왕국 전사들은 숲 밖에 없었다. 그들은 장유소가 돌아오자마자 황벽산 자신들의 진영으로 후퇴했다.

장유소의 부상이 심상치 않은 상황에서 적풍을 공격할 엄두를 내지 못한 것이다. 더군다나 적풍을 추격하는 동안 그들 자신의 손실도 수십 명이어서 더 이상 적풍과 대치하고 있을 수도 없었다.

덕분에 적풍 일행은 한동안 바람의 왕국 전사들의 추격을 피해 도주하던 초원을 이젠 여유 있게 되돌아갈 수 있었다.

그렇게 반나절을 이동하자 다시 그들의 눈에 삼황녀 적화우가 고립되어 있는 황벽산이 보이기 시작했다.

그리고 그쯤에서 적풍은 십자성의 깃발을 들게 했다.

굳이 깃발을 든 이유가 있었다. 황벽산에 갇혀 있는 적화우 일행에게는 여전히 자신들이 이곳에 있다는 것을 알려주기 위함이었고, 황벽산을 포위하고 있는 네 왕국의 전사들에게는 언제든 다시 기습을 할지도 모른다는 불안감을 심어주기 위함이다.

그 불안감을 일으킨 효과는 제법 좋았다. 적풍의 존재로 인해 네 왕국 전사들은 함부로 황벽산에 진입할 수 없었다.

　　　　*　　　　*　　　　*

　"정말 돌아왔군요."

　적화우가 아스라이 보이는 십자성의 깃발을 보며 중얼거렸다. 수많은 감정이 그녀의 표정에 나타났다.

　기뻐하는 것도, 고마워하는 것도 아니고, 그렇다고 시기하거나 미워하는 표정도 아니었다.

　그녀가 처해 있는 상황의 모호함처럼 적풍에 대한 그녀의 감정 역시 모호한 듯 보였다.

　"말씀드리지 않았습니까. 반드시 돌아올 거라고."

　새로운 우하성주 쿤란이 대답했다.

　"그를 본 시간이 그리 길지 않았는데 어떻게 돌아올 것을 아셨죠?"

　적화우가 쿤란에게 물었다.

　"사황자님의 고집과 자존심을 경험했으니까요. 사황자께선 절대 적을 두고 뒤로 물러날 분이 아닙니다. 더군다나 황녀께서 계속 고립되어 계신 상황에선……."

　"그에게 나에 대한 혈육의 정이 있다고 말씀하시는 건가요?"

　"그거야 제가 알 수 없는 일이지요. 하지만 황녀께선 어쨌든 그분의 남매십니다. 남매의 위험을 두고 물러나기에는 그분의 자존심이 허락지 않았을 겁니다."

　"정이 아니라 자존심 때문이다?"

　"한 요인이라고 말씀드리는 겁니다. 전부는 아니어도. 어쨌든 이렇게 되면 이젠 기다리는 일만 남은 것 같습니다."

쿤란은 한시름 놓은 표정이다.

"저들이 다시 공격하지 않겠소? 사황자님의 전력이라야 겨우 이십여 명 남짓인데. 더군다나 적진을 돌파하는 동안 죽은 사람이 있을 수도 있고."

유모 여후가 걱정스러운 표정으로 물었다.

그러자 쿤란이 고개를 저었다.

"그러지 못할 것이오. 사황자님의 힘을 보았으니까. 더군다나 다리도 무너졌는데 무리해서 공격할 수는 없을 것이오. 계곡 아래쪽을 건너서 공격한다면 우리도 충분히 대응할 수 있고 말이오."

"그렇긴 하지만……"

여후는 그래도 마음이 놓이지 않는 모습이다.

"그나저나 정말 대단하지 않소이까? 겨우 이십여 명을 이끌고 일천의 적진을 헤집어 놓았으니."

쿤란이 새삼스럽게 감탄하듯 말했다.

그러자 여후가 고개를 끄떡였다.

"인정할 수밖에 없구려. 사황자님은 정말… 작은 성 하나에 만족하는 것을 이해할 수 없을 정도군요."

"두 분이 그에게 완전히 매료되셨으니 다시 옥서스 밖으로 끌어내 보시던가요."

적화우가 차가운 음성으로 말했다. 그러자 쿤란이 진심이 담긴 목소리로 말했다.

"한 번 더 말씀드리지요. 사황자님과 우호적인 관계를 유지하십시오. 기회가 좋지 않습니까? 가까워질 수 있는 절호의 기회입니다. 이건 아바르의 패권에 대한 문제가 아니라 생존의 문제입니다. 사황자님과의 관계를 돈독히 해두시면 어떤 경우라도, 누가 아바르의 제왕이 되든 황녀님은 힘과 권위를 잃지 않으실 겁니다."

앞서 한 충고를 쿤란이 다시 하자 이번에는 적화우도 무척 심각하게 생각에 잠겼다. 그러다가 불쑥 물었다.

"그가 날 돕지는 않겠지요?"

"무황님의 후계자 자리를 두고서요?"

여후가 되물었다.

"예."

"그렇지는 않을 겁니다. 이미 선언하셨듯이 사황자께서는 이 싸움에서 철저히 중립을 지키실 겁니다."

"후우! 그럼 결국 내 힘으로 해내야 한다는 건데……."

적화우는 여전히 무황의 후계자에 대한 욕심을 버리지 못하는 모양이다.

그런 적화우를 쿤란이 걱정스러운 표정으로 바라봤다. 그리고 다시 무슨 말인가 충고를 하려는 순간, 갑자기 앞에서 망을 보던 아바르의 전사가 큰 소리로 외쳤다.

"왔습니다! 푸른호수 성의 깃발입니다!"

아바르 전사의 외침이 황벽산 중턱에 고립되어 있는 모든 아바르 전사들의 전의를 불러일으켰다.

"와아!"

아바르 전사들 사이에서 큰 함성이 터져 나왔다. 그들은 모두 자리에서 일어나 검을 하늘 높이 치켜들며 소리를 질러댔다.

그들의 함성을 들었을까. 푸른 깃발을 앞세우고 멀리 초원 끝에서 나타난 기마의 전사들이 일제히 말을 달려 초원을 질주하기 시작했다.

뿌우우!

초원을 질주하는 기마 전사들 사이에서 길게 뿔피리 소리가 일어났다. 자신들의 등장을 알리는 도도한 신호였다.

"이제 끝났군요."

적화우의 얼굴에 안도감보다 전의가 일어났다.

"푸른호수 성의 전사들 숫자가 그리 많지는 않습니다. 반격은 위험한 일입니다."

쿤란이 침착하게 말했다.

"하지만 그들이 왔다는 것은 곧 다른 구원대도 온다는 뜻이에요. 반격을 준비해 둬요. 밖에서 저들을 치면 우리도 산 아래로 내려가 공격합니다."

적황우가 단호하게 말했다.

그리고 이 결정에는 쿤란도 더 이상 반대하지 않았다. 쿤란은 여전히 싸우는 것을 위험하다고 보고 있었지만, 그 역시 무황의 피를 지닌 적씨 일가의 고집을 꺾을 수 없다는 것을 알고 있었다.

"알겠습니다. 그렇게 하지요."

쿤란이 대답하고는 서둘러 아바르의 전사들이 있는 곳으로 걸어갔다.

그러자 여후가 나직하게 말했다.

"우하성주의 충고를 가볍게 생각지 마세요."

"걱정 말아요. 유모가 날 몰라요?"

"물론 황녀께서 행동과는 달리 무척 신중하시다는 건 알지요. 하지만 사람들은… 사람의 행동을 보고 그 사람을 평가합니다. 우하성주는 이젠 너무 중요한 사람이 되었습니다."

여후의 말에 적화우가 고개를 돌려 아바르 전사들을 살피고 있는 쿤란을 바라봤다. 그러다가 한숨을 쉬며 말했다.

"쿤란 노사가 중요한 사람이 될수록 넷째의 힘도 커지는 것 같군요."

"그 힘을 우하성주는 황녀님을 위해 쓰겠다지 않습니까. 그런 사람의 말을 무시하면 안 됩니다."

"알고 있어요. 그렇게 하죠."

적화우가 이번만큼은 순순히 여후의 말에 수긍했다.

*　　　　*　　　　*

적풍은 파도처럼 밀려드는 푸른호수 성의 전사들을 팔짱을 낀 채 말 위에서 지켜보고 있었다.

푸른호수 성의 전사들 숫자는 이백여 명 정도였다. 그럼에도 그들이 탄 말들은 하나같이 뛰어난 전마(戰馬)여서 말들이 질주하며 일으키는 굉음과 흙바람이 그들의 숫자를 본래보다 두어 배는 많아 보이게 만들었다.

"배를 타고 오면서 말까지 가져오다니 대단하네요."

이위령이 입을 열었다.

"당시 우리가 탈취한 배 아래 칸에 마구간이 준비되어 있었지요. 그들이 왜 그 전선(戰船)을 그렇게 중요하게 생각했는지 알겠군요."

소두괴가 처음 만났을 때 적풍에게 배 하나 내주는 것조차 인색하게 굴던 천일란의 행동을 떠올리며 말했다.

"아무튼 우리 일은 끝났군."

적풍이 말했다.

"싸움에서 빠지시게요?"

이위령이 되물었다.

"결론이 난 싸움이야. 그런 싸움에 뛰어들어 괜히 성의 식구들을 상하게 할 수는 없지."

적풍이 대답했다.

"하지만 푸른호수 성 전사들 숫자로는 저들을 상대할 수 없을 텐데요? 비록 우리와의 싸움에서 조금 손해를 보았다고 해도 저들의 전력은 여전히 강력하지 않습니까?"

"싸움은 기세지. 기세가 꺾였으니 푸른호수 성의 전사들만으로도 저들을 제어할 수 있을 거야. 욕심만 부리지 않는다면."

적풍이 말했다.

그러자 소두괴가 말했다.

"그건 성주님 말씀이 맞는 것 같습니다. 그럼 이제 걱정은 하나군요. 칠왕의 왕국 전사들의 후군이 강을 건너는 것 말입니다."

"음······."

적풍이 고개를 끄떡였다.

"그럼 강으로 갈까요?"

"그 역시 이젠 저들의 몫이야."

"정말 아바르의 일에서 빠지시게요?"

"구경이나 하자고. 애초에 그럴 생각이었고."

적풍이 심드렁하게 대답했다.

"하지만 이번에는 출정하시지 않았습니까?"

"그야 급박한 상황이기 때문이었지. 그래도 혈육 아닌가. 지금은 그런 상황도 아니고. 어차피 네 왕국의 전사들이 추가로 강을 건넌다 해도 그때부터는 이 싸움의 성격이 달라질 거야. 칠왕과 아바르의 전면전이라고 해야겠지. 그런 싸움에선 우리 스무 명의 숫자가 아무런 의미가 없어. 자네도 알고 있지 않나? 수천 명이 동원되는 거대한 싸움의 특징을. 괜히 위험하기나 하지."

"그렇긴 하지요. 그렇게 되면 결국 세력이 모든 것을 결정하지요. 아무리 고수라 해도 그런 큰 싸움에선 크게 변수가 되지 않는 법이지요."

소두괴가 고개를 끄떡였다.

"고수란 어떤 상황에서든 자신의 목숨을 지키거나 혹은 적한 사람의 목을 벨 수는 있지. 하지만 전쟁 그 자체의 승패를 좌우하기는 힘든 법이야. 그랬다면 언제나 맹장이 많은 자가 역사의 승자가 되었을 거야. 하지만 역사는 그렇지 않으니까. 무림의 고수들이 세상과 별개의 존재로 살아가는 이유도 그러하고."

적풍이 말했다.

그러자 이위령이 고개를 끄떡이며 말했다.

"성주님의 말씀을 듣고 보니 정말 그렇군요. 우리 십자성은 이 땅에서도 결국 무림인이군요."

"내가 옥서스에 십자성을 세운 이유가 바로 그거야. 강호의 여러 문파 중 세속의 일에 관여한 자들은 하나같이 멸문했지. 물론 이 땅은 무림과 세속의 구분이 없기는 하지만 그래도 우리는 조금 다른 존재들이니까."

"성주님의 뜻 잘 알겠습니다."

소두괴가 대답했다.

"누군가의 목숨을 반드시 구해야 할 때, 혹은 우리 자신을 지켜야 할 때만 나선다. 그것이 이 칠왕의 땅에서 우리 십자성의 대원칙이다."

"옛, 성주!"

십자성의 고수들이 일제히 대답했다.

그런데 그 와중에 대답은 하면서도 불안한 시선으로 천일란이 이끄는 푸른호수 성 전사들의 질주에서 눈을 떼지 못하는 사람이 있었다.

구룡이다.

애초에 명계에서 온 십자성의 고수들은 무림인의 특성을 가지고 있었고, 길 잃은 샤들 역시 이 땅에 살던 자들이기는 해도 낭인으로서 강호 무림인의 특징이 어느 정도는 있었다.

하지만 구룡과 그를 따르는 석불성 출신 전사들은 달랐다.

그들이 비록 적풍을 따르고 있긴 하지만 그 뿌리는 아바르였다.

아바르 동료들의 안위와 이 땅의 운명에서 완전히 관심을 거둘 수 없는 사람들인 것이다.

"구룡, 돕고 싶으면 가도 된다."

이미 구룡의 마음을 읽고 있는 적풍이 말했다.

"예?"

구룡이 놀란 표정으로 고개를 돌렸다.

"걱정이 되면 가서 도와도 된다는 말이다. 넌 우리와 입장이 다르니까."

"그런 말씀을 하시다니 서운합니다. 비록 마음이 쓰이지 않은 것은 아니지만 전 십자성의 전사로서 성주님의 결정을 따를 뿐입니다."

구룡이 정말 서운한 표정으로 말했다.

그러자 적풍이 고개를 저었다.

"구룡 자네를 십자성의 사람으로 온전히 받아들이지 않아서가 아니다. 단지 자네의 뿌리에 대한 마음을 굳이 숨기거나 억누를 필요가 없다는 거지. 내가 오늘 혈육인 삼황녀를 돕기 위해 십자성을 나온 것처럼 말이야. 우리 각자는 모두 십자성에 들기 전 나름대로의 사연을 가지고 있다. 원한이든 은혜든 과거의 인연으로 인해 해야 할 일이 있다는 뜻이다. 물론 분명한 원칙은 있다. 나에게 알려야 하고, 십자성의 안위에 위험을 초래해서는 안 된다."

적풍의 설명에 그제야 구룡의 표정이 풀렸다.

"성주님의 뜻을 오해한 듯합니다. 죄송합니다."

구룡이 적풍에게 고개를 숙여 보였다.

"가볼 텐가?"

적풍이 물었다.

"걱정은 되지만 아직은 아닙니다. 위기는 아니라고 생각되는군요."

"그렇다면 좋아. 일단 가까운 곳에 진영을 구축하고 기다린다. 상황이 어찌되는지 보고 다음 행보를 결정한다."

"예, 성주!"

십자성의 무사들이 일제히 대답하고는 적당한 장소를 찾아 이동하기 시작했다.

천일란은 신중했다.

무섭게 질주하던 푸른호수 성의 전사들은 황벽산에 고립된 적화우가 무사하다는 것을 확인한 순간 거짓말처럼 질주를 멈췄다.

천일란이 데리고 온 이백여 명의 전사들은 황벽산을 포위한 네 왕국의 전사들로부터 이 마르 정도 떨어진 곳에서 진영을 구축하기 시작했다.

몇몇은 즉시 적을 뚫고 들어가 적화우를 구해내지 않는 것에 불만을 가진 사람도 있었지만, 천일란의 결정은 합리적인 결정이었다.

천일란이 이끌고 온 이백여 명의 전사들은 적들이 황벽산으로 진입해 적화우를 공격하는 것을 방해할 수는 있지만 그들을 상대로 일전을 벌여 승리를 거둘 수는 없었다.

적풍이 네 왕국 전사들 진영을 돌파한 것과 은빛 나무의 숲에서 바람의 왕국 전사들을 물러나게 한 것 역시 승리라기보다는 그들에게 타격을 준 정도였다.

그만큼 대규모의 전사들이 동원되는 싸움에서 전력의 격차는 중요했다.

천일란이 전진을 멈추자 대치가 길어질 수밖에 없었다.

황벽산에는 아바르의 삼황녀 적화우가 고립되어 있고, 그 황벽산을 네 왕국의 전사들이 포위하고 있었다. 그리고 그들로부터 이 마르 정도 떨어진 곳에는 천일란이 이끄는 이백의 아바르 전사들이 언제라도 적을 향해 돌진할 태세를 갖추고 있었다.

그뿐 아니라 멀리서 적풍과 십자성의 무사들 역시 황벽산의 정세를 주시하고 있었다.

이 싸움의 균형을 깨기 위해선 이제 다른 변수가 필요했다. 이들만으로는 그 누구도 먼저 이 싸움의 승부를 보기 위해 움직일 수 없었다.

그래서 비록 지루한 시간을 보내야 했지만, 이들은 거의 삼일 동안 아무런 행동도 하지 않고 그 자리를 지켰다.

그리고 삼 일이 지난 어느 날 오후에야 변화가 생겼다.

갑자기 천일란이 이끄는 아바르의 전사들이 분주하게 움직이기 시작했다.

그들은 병장기를 챙기고 말에 오르기 시작했다. 그것은 곧 그들이 네 왕국의 진영을 돌파하겠다는 신호였고, 그들이 그런 결심을 하게 만든 변수가 발생했다는 뜻이다.

그리고 그 원인은 금세 밝혀졌다.

멀리 남동쪽의 초원에 언제부터인지 모르지만 먼지구름 같은 것이 아스라이 보이기 시작하더니 결국 그 먼지를 일으키는 자들의 모습이 드러났다.

정확하게 헤아리기 어려운 숫자의 기마 전사들, 하지만 족히 일천 이상은 되어 보이는 자들이 모습을 드러낸 것이다.

그들은 서둘지 않고 아주 천천히 황벽산을 향해 진격하고 있었다. 드디어 아바르의 다른 구원대들이 본격적으로 황벽산에 도착하기 시작한 것이다.

숫자의 우위를 점하게 된 이상 적진을 향한 돌진을 한순간도 망설일 이유가 없는 천일란이었다. 황벽산에 고립된 적화우 일행의 식량이 떨어졌다는 것을 누구보다 잘 알고 있기 때문이다.

"시작할 것 같은데요?"

작은 바위에 올라 멀리 황벽산 부근의 정세를 살피고 있던 이위령이 급히 말했다.

비록 한 걸음 물러나 있지만, 본래 십자성 고수들은 싸움에 대한 본능적인 호기심과 충동을 가진 사람들이었다.

이위령의 말에 십자성 고수들이 일제히 진영 앞으로 나와 황벽산 인근을 살피기 시작했다.

"다행히 먼저 왔군요."

소두괴가 말했다. 멀리 남동쪽 초원에서 다가오고 있는 아바

르의 구원대를 발견한 것이다.,

"이렇게 되면 외려 저들이 고립되겠군요."

파간이 말했다.

"포위를 풀 수밖에 없을 거야. 그리고 한쪽으로 물러나 방어에 치중하겠지. 물론 아바르에서 퇴로를 열어준다면 강 쪽으로 물러나 돌아갈 수도 있고. 그런데 과연 아바르의 구원대가 저들의 퇴로를 열어줄지 모르겠군."

소두괴가 대답했다.

그사이 어느새 아바르의 구원대는 확연하게 그 모습을 나타냈다.

처음 일천 정도로 보이던 숫자는 생각보다 많아 족히 이천에 이르러 보였고, 수없이 많은 깃발이 그들의 머리 위에 나부끼고 있었다.

그리고 한순간 길게 뿔피리 소리가 초원을 가로질렀다.

그 소리를 신호로 푸른호수 성 전사들의 질주가 시작됐다.

두두두!

지진이라도 난 듯한 굉음이 십자성 고수들의 발끝에까지 느껴졌다. 수백 장 떨어진 곳에서 일어난 진동이 바로 앞에서 일어난 것처럼 생생했다.

그 진동이 십자성 무사들의 심장을 뛰게 했지만 그들은 싸움에 나설 수 없었다.

적풍은 푸른호수 성 전사들의 질주에도 불구하고 진영 뒤쪽으로 물러나 눈을 감고 휴식을 취하고 있었다.

사람들은 그런 적풍의 눈치를 살폈다.

혹시라도 적풍이 이 싸움에 개입하라고 한다면 당장에라도 말을 몰아 전장으로 뛰어나갈 기세였다.

그러나 적풍은 십자성 무사들이 기대하는 명령을 내리지 않았다. 아니, 전혀 그럴 생각이 없는 듯 보였다.

"구경 중에는 싸움 구경이 최고지!"

적풍의 태도에서 자신들이 출전할 가능성이 전혀 없다는 것을 알아챈 이위령이 엉덩이를 바위에 붙이고 앉았다. 편한 자세로 황벽산을 두고 펼쳐지는 대회전을 구경하기 위함이다.

다른 십자성의 전사들 역시 각자 편한 자리를 찾아 앉은 후 본격적으로 벌어지려는 싸움 구경을 시작했다.

천일란이 이끄는 푸른호수 성의 전사들은 순식간에 네 왕국의 진영에 도달했다.

그들은 가장 오른쪽에 위치한 석림 전사들 진영을 향해 질주했는데, 그로 인해 석림왕국의 진영이 크게 혼란에 빠졌다.

네 왕국의 전사들이 모두 모이면 일천에 가깝지만 한 왕국의 숫자로는 이백에서 삼백 정도이다.

그 숫자로는 푸른호수 성 전사들의 질주를 정면으로 맞을 수 없었다.

그렇다고 다른 왕국의 전사들이 구원을 나올 것 같지도 않았다. 그들은 싸울 준비를 하고는 있었지만, 적극적으로 나서서 석림왕국의 진영으로 달려오지는 않고 있었다.

그러자 석림왕국의 전사들을 이끄는 석도군도 결국 물러나는 것을 선택했다.

푸른호수 성의 전사들이 막 석림의 전사들 진영에 진입하려 할 때 석림 전사들이 썰물 빠지듯 자신들의 진영에서 북서쪽으로 물러나기 시작했다.

그러자 손쉽게 길이 열렸다.

푸른호수 성 전사들은 굳이 물러나는 석림 전사들을 공격하지 않았다. 대신 그들은 적진을 관통해 황벽산으로 치달아 오르기 시작했다.

그리고 그즈음 황벽산에 고립되어 있던 적화우와 쿤란 등도 산 아래로 내려오기 시작했다.

오랫동안 고립되어 있던 그들은 마치 분풀이를 하듯이 그들을 공격하기 위해 석림의 전사들이 준비해 놓은 갖가지 병기들을 부숴 버리면서 산 아래로 돌진했다.

이미 그것들을 지키던 석림의 전사들은 모두 물러난 상태였기에 별다른 충돌조차 없는 질주였다.

석림의 전사들이 뒤로 물러나며 길을 열어준 덕에 황벽산에 고립되어 있던 적화우 일행과 그들을 구원하러 온 푸른호수 성의 전사들은 금세 황벽산 중턱에서 조우했다.

그들은 잠시 그곳에서 인사를 나눈 후 다시 적들이 황벽산을 포위할 것을 걱정한 사람들처럼 바람처럼 산 아래로 달려 내려오기 시작했다.

네 왕국의 전사들은 한동안 자신들이 장악하고 있던 황벽산을 자유롭게 이동하는 아바르의 전사들을 그대로 두고 볼 뿐 어떤 반격도 가하지 않았다.

오히려 그들은 각자의 진영을 정리하고 오손 전사들의 진영으로 집결하기 시작했다.

그러고는 몇 겹에 이르는 방어벽을 쌓아 단단히 진영 외곽을 방비하기 시작했다.

그사이 황벽산에서 내려온 적화우는 천일란이 이끄는 푸른 호수 성의 전사들과 함께 남쪽에서 다가오는 구원대 쪽으로 이동해 그들과 합류했다.

그리고 그 즉시 아바르의 전사들은 다시 세 무리로 나누어져 황벽산 아래에 단단히 방어 진영을 구축한 네 왕국 전사들을 동, 서, 남 세 방향으로 포위하기 시작했다.

"놓아줄 생각이 없는 모양이군."

아바르의 전사들이 세 방향에서 압박하듯 포위망을 구축하자 이위령이 흥미진진한 표정으로 말했다.

"하지만 북쪽은 비었잖습니까?"

파간이 물었다.

"적을 포위할 때 한쪽을 틔워주는 것은 병법의 기본이야. 퇴로를 열어준다는 것은 다른 의미로 그쪽으로 몰겠다는 뜻이지. 북쪽에 뭐가 있는지 알지?"

파간이 물었다.

"그야 당연히 우리가 머물던 그 은빛 나무숲이 있지요."

"자연적인 방어막이지. 하지만 무턱대고 그 속으로 숨어들어 갔다가는 그 순간 이번에는 완전히 포위될 거야. 이후에는 옴짝달싹 못하는 거지. 황벽산에 갇힌 것과는 차원이 달라. 그 안에서 서서히 고사하는 거지."

"하지만 공격하기도 어렵잖아요?"

파간이 말했다.

"화공(火攻)을 쓰면 되지."

"화공을요? 에이, 설마… 저기… 여기서도 화공을 사용하오?"

파간이 구룡에게 물었다.

그러자 구룡이 고개를 끄떡였다.

"어디 곳이나 전쟁터에서는 이기기 위한 모든 수단이 동원되지요."

"그렇다면 정말 살벌하겠군."

파간이 경직된 표정으로 중얼거렸다.

"그 은빛 나무들… 함부로 태울 것은 아닌 것 같던데……."

소두괴가 걱정스러운 표정으로 중얼거렸다.

"설마 미신을 믿는 거냐?"

이위령이 뜻밖이라는 듯 물었다. 소두괴같이 냉철한 사람에게 미신은 어울리지 않았다.

"미신이랄 수도 있지만… 그런 숲은 본래 신령을 지니고 있다잖아요?"

"신령이라……. 하지만 정말 그렇다고 해도 공격을 멈추진 않을 거야. 자네도 알다시피 전쟁은 전쟁이니까. 한쪽이 죽어야 끝이 나지."

"그렇겠죠. 그런데 오늘 당장 공격할 것 같지는 않군요. 아니, 밤에 하려나?"

소두괴가 아바르 전사들의 진영을 보며 말했다.

그러고 보니 세 방향을 점유한 아바르의 전사들이 말에서 내려 휴식을 취하는 듯 보인다.

그런데 그때 아바르 전사들의 진영 중 서쪽에 위치한 곳에서 갑자기 십여 필의 말이 초원으로 나오더니 적풍과 십자성 무사들이 있는 곳을 향해 달리기 시작했다.

"손님인가?"

달려오는 자들을 발견한 이위령이 중얼거렸다.

"아바르의 사황자시고 고립된 자들의 목숨을 구해주었으니 인사를 하러 오는 것은 당연한 일이지요."

소두괴가 대답했다.

제4장
예측 불허

"사황자님!"

아바르의 전사들이 십자성 사람들 근처에 왔을 때, 그중 한 명이 빠르게 달려 나와 먼저 적풍을 찾았다.

새롭게 우하성의 성주가 된 쿤란이다.

"또 보게 되는구려. 반갑소."

적풍 자신이 우하성의 성주로 지명한 사람이다. 쿤란을 몰라볼 리 없었다.

"그간 평안하셨습니까?"

쿤란은 무척 정중했다.

단지 그를 우하성주로 만들어주었기 때문은 아니었다. 길 잃은 샤를 다루는 것과 십면불 도광을 제압하는 광경을 자신의 두 눈으로 목격한 이후 쿤란은 적풍에게 매료되어 있었다.

물론 그는 여전히 삼황녀 적화우의 가장 든든한 후원자이기는 했다. 그러나 적풍에 대한 호감은 삼황녀에 대한 애정과는 전혀 다른 의미의 것이었다.

"나야 보다시피 괜찮소. 그런데 이미 우하성에 있어야 하는 것 아니오?"

"삼황녀님을 뵈러 들렀다가 이렇게 되었습니다."

쿤란이 미소를 지으며 말했다.

"운이 없었구려. 그런데 단지 인사를 하러 온 것 같지는 않고……."

적풍이 이미 가까이 다가온 다른 아바르 전사들을 보며 말했다. 그중에는 삼황녀 적화우와 천일란도 포함되어 있었다.

"인사를 드리러 오려는데, 삼황녀께서 함께 오고 싶다고 하셔서 모시고 왔습니다."

쿤란이 부드러운 목소리로 말했다. 그로서는 삼황녀 적화우가 어떻게든 적풍과 좋은 관계를 유지하길 바라고 있었다.

"알겠소."

적풍이 대답하고는 앞으로 걸어 나가 여전히 말 위에 올라 있는 적화우와 천일란이 있는 곳으로 다가갔다.

그러자 두 사람은 그제야 말에서 내렸다.

두 사람을 호위해 온 아바르의 전사들 역시 말에서 내려 정중하게 적풍에게 고개를 숙여 보였다.

"오서 오십시오. 무사해서 다행입니다."

적풍이 적화우를 보며 말했다. 그렇다고 환대의 표정은 아니어서 조금은 무심한 듯 적화우를 대하는 적풍이다.

적화우가 묘한 감정이 묻어나는 눈으로 적풍을 바라보다 천천히 입을 열었다.

"도와줘서 고마워. 이렇게 빨리 와줄 줄 몰랐는데."

"저보다는 그 아이… 타린의 공이 큽니다. 놀랍도록 빨리 왔더군요. 더군다나 네 왕국의 전사들에게 쫓기면서 말입니다. 마지막 순간에는 거의 죽음을 각오하고 아바르 강을 건넜다고 하더군요."

"타린… 재주가 많은 아이였지. 아버지는 만났어?"

적화우가 조금은 미안한 기색을 보이며 물었다. 그러자 적풍이 고개를 돌려 타르두를 찾았다.

적풍과 눈이 마주친 타르두가 불편한 표정을 보였지만, 어쩔 수 없다는 듯 앞으로 걸어 나왔다.

"이 노인이 그 아이의 아버지입니다."

적풍의 말에 적화우가 타르두에게 시선을 돌렸다.

타르두는 애써 적화우의 시선을 외면했다. 딸을 몇 년간 강제로 데리고 있던 여인이다. 아무리 적풍의 누이이고 아바르의 사황녀라 해도 쉽게 용서가 될 수 있는 사람이 아니었다.

"이제 보니 뛰어난 아버지를 둔 아이였군. 반갑소."

적화우의 말투로 보아 그녀는 타린의 아버지가 저 유명한 흑수족의 족장 바람의 타르두인 것을 모르는 모양이다.

어쩌면 타린이 적화우가 자신에 대해 더 큰 욕심을 내는 것을 막기 위해 타르두에 대해 언급하지 않았을 수도 있었다.

"딸아이를 보내줘 고맙습니다."

타르두가 여전히 시선을 회피하면서 나직하게 대답했다.

"날 원망하오?"

적화우는 비록 성정이 불안한 여인이지만 그렇다고 판단력이 떨어지는 여인은 아니었다.

그녀는 타르두의 태도에서 자신에 대한 원망을 읽어낸 것이다.

"그 아이에게 자유를 주었으니 과거의 일은 잊겠습니다."

타르두가 대답했다.

그러자 적화우가 살짝 눈살을 찌푸리며 화를 내려다가 적풍의 존재를 의식하고는 슬쩍 말을 바꿨다.

"이제 보니 동생 주위에 있는 사람들은 주군을 닮아 성정이 무척 도도한 편이군. 비록 내가 그의 딸을 잠시 데리고 있었다고 해도 주군의 누이인데 말이야."

적화우의 말에 적풍이 대답했다.

"세상의 모든 아버지가 그럴 겁니다. 오히려 나와 아바르의 관계를 생각해 참는 편이라고 해야지요."

적풍의 대답에 적화우의 눈꼬리가 떨렸다. 애써 화를 참고 있는 것이 여실히 드러났다.

"그렇게 대단한 노인이었나? 만약 참지 않았다면 어떤 일이 벌어졌을지 궁금하군."

"그에게는 이 세상에서 부르는 특별한 호칭이 있더군요."

적풍이 말했다.

"세상에 알려진 사람이란 뜻이냐?"

적화우가 노기와 호기심이 뒤섞인 말투로 물었다.

"그렇습니다. 혹 들어보셨습니까? 바람의 타르두라고."

"바람의 타르⋯⋯! 정말 저 노인이?"

이때만큼은 적화우도 놀랄 수밖에 없었다.

물론 적화우만이 아니었다. 천일란과 쿤란 역시 타르두의 진실한 정체에 크게 놀란 표정이다.

그들 역시 흑수족의 마지막 족장이라 불리는 바람의 타르두에 대한 전설 같은 이야기를 알고 있었다.

"만약 황녀께서 그의 딸을 보내주지 않으셨다면 그가 황녀님을 찾아갔을 겁니다."

적풍의 말이 뭘 의미하는지 모를 리 없는 적화우다. 과거 타르두가 천인총의 십이영주 중 한 명인 괴력 난신을 암살한 사건은 칠왕의 땅에서도 오랫동안 회자된 일이다.

그런 그가 딸을 찾기 위해 그때의 일을 재현할 수도 있다는 사실을 누구도 부인할 수 없었다.

"그런 일이 일어나지 않아서 다행이군. 물론 그를 위해서 말이야."

타르두가 찾아왔어도 자신은 괴력 난신처럼 당하지는 않았을 거란 의미로 적화우가 대답했다.

"모두에게 다행스러운 일이지요."

"좋아, 오늘은 내가 무슨 일이든 동생의 의견에 반대할 수 없는 날이지. 내 목숨을 구해줬는데. 그런데 어떻게 바람의 왕국 전사들을 물러나게 한 거지?"

적화우는 은빛 숲에서 있던 적풍과 바람의 왕국 전사들 사이의 싸움을 아직 모르는 모양이다.

하긴 그 싸움의 전말을 아는 사람은 오직 십자성의 무사들과 바람의 왕국 전사들뿐이니 황벽산에 고립되어 있던 그녀가 그 일을 알 리 없었다.

"바람의 왕국 전사들을 이끄는 대선주 장유소란 자를 사로잡고 그의 팔을 자르셨습니다. 사황자께서."

대답은 한 걸음 뒤에 물러나 있던 구룡이 했다.

구룡은 십자성의 무사 중 거의 유일하게 삼황녀 적화우나 푸른호수 성의 성주 천일란과 안면이 있어서 그들이 왔을 때 적풍과 함께 마중을 할 수 있는 위치에 있는 사람이었다.

"정말 그의 팔을 잘랐어?"

적화우가 믿을 수 없다는 듯 되물었다.

"그렇습니다."

구룡이 대답했다.

"그럼 그는 지금 어디 있지?"

"돌려보내 주었습니다."

"돌려보내? 그런 중요한 자를 잡고서?"

적화우가 이해할 수 없다는 듯 다시 물었다. 거의 추궁에 가까운 태도였다.

"황벽산에 올라가 절벽 사이 다리를 끊고 내려오는 과정에서 우리 쪽 사람들의 손실이 있었습니다. 그중 산 채로 잡혀 있는 사람도 있었는데 그를 돌려받는 조건으로 보내줬습니다."

구룡은 적풍이 이런 세세한 사정을 결코 입에 올리지 않을 거란 걸 알기에 자신이 나서서 그간의 사정을 설명했다.

"장유소와 교환했다면 무척 중요한 사람이겠군."

적화우가 중얼거렸다.

그러나 그에 대해서는 구룡도 더 이상 대답하지 않았다. 장유소와 교환한 사람이 길 잃은 샤 출신의 무사라고 대답한다면 적화우는 도저히 그 결정을 받아들이지 못할 것이다.

구룡이 입을 닫자 적화우도 더 이상 묻지 않았다. 그녀의 관심은 사실 전혀 다른 곳에 있었기 때문이다.

"그래, 동생은 이제 어떻게 저들을 상대할 생각이지?"

적화우가 진심으로 궁금한 것을 물었다.

"그 일은 황녀님께서 결정하셔야 하는 문제 같습니다만……."

적풍이 적화우에게 말했다.

그러자 적화우가 적풍을 바라보며 물었다.

"설마 지금 이 일에서 빠지겠다는 뜻이냐?"

"구원대가 충분히 도착했으니 제가 필요할 때는 아니지요."

"아우, 이건 정말 좋은 기회다. 네가 이 아바르에서 중요한 위치를 차지할 수 있는."

"제가 스스로 옥서스로 간 것을 아시지 않습니까?"

적풍이 담담하게 대답했다.

"후우, 넌 정말 아바르의 권력에는 관심이 없구나. 오직 명계로 돌아갈 생각만 하는 것이냐?"

적화우가 서운한 기색을 드러냈다.

그녀는 비록 여전히 종잡을 수 없는 성격의 도도한 사람이었지만 그래도 자신을 위기에서 구해준 적풍에게 조금씩 혈육의 정을 느끼고 있는 듯 보였다.

"그곳이 내 고향이니까요."

"우리 남매들… 적씨 가문에 대한 정이나 의무감은 없느냐?"

"모르겠습니다."

"모른다……. 어려운 대답이구나."

"애초에 그런 정이라는 게 있을 이유가 없지요. 아버지가 같다고 해서 샘솟듯 정이 생길 수는 없는 일 아닙니까? 더군다나 그 아버지란 양반도 별로 마음에 들지 않고. 그런데……."

"그런데?"

적화우가 되물었다.

"황녀께서 위기에 처했다는 소식을 들으니 아니 올 수 없더군요. 그런 면에서 보자면 본능적인 의무감 같은 것은 있는 모양입니다. 그래서 더더욱 아바르의 일에 관여하기 싫군요."

"그게 무슨 뜻있냐? 적씨 일가로서의 의무감을 느꼈다면 당연히 도와야지."

"제가 아바르의 일에 관여하는 순간, 그때부터 골육상쟁의 싸움이 벌어질 수도 있다는 걸 알고 있으니까요."

적풍의 대답에 적화우의 말문이 막혔다.

너무도 당연해서 미처 생각지 못한 일이다. 적풍이 아바르를 위해 싸우면 싸울수록 그의 명성은 높아질 것이다.

명성이 높아질수록 그를 원하는 사람이 많아질 것이고, 그건 곧 그가 자신의 의도와 상관없이 권력 다툼에 뛰어들게 된다는 것을 의미한다.

그렇게 되면 결국 아바르의 제왕이 되고자 하는 그의 혈육들이 그를 공격할 것이다. 아무리 적풍 자신이 이 땅의 권력에 욕심이 없다고 말해도 그걸 믿을 사람은 그리 많지 않을 것이다.

"틀린 말이 아니군. 누구라도 자신의 야망에 방해가 되는 사람을 두고 보지는 않지."

"황녀께선 어떻습니까?"

"뭐가 말이냐?"

"이 땅의 제왕 자리 말입니다."

"내게 그만한 능력이 없다고 말하고 싶은 거냐?"

"그건 아닙니다만……."

"그럼?"

"그저 한 명 정도는 균형을 잡아줄 사람이 필요한 듯해서 말입니다."

"그러니까 나더러 두 오라버니 사이에서 중재 역할을 하란 뜻이냐?"

"그들만이 아니지요."

"……?"

"일후와 삼후도 있지 않습니까?"

적풍의 말에 적화우가 눈을 가늘게 뜨며 물었다.

"그들에게도 야심이 있다고 생각하느냐?"

"당연한 것 아닙니까?"

"그들은 충실한 아버님의 추종자들이다. 그런데……."

"무황에 대한 충성심은 그분이 살아 있을 때나 기대할 수 있는 것입니다. 제가 누구에게 공격받았는지 모르십니까?"

십면불 도광은 아바르 최고의 권력자 중 한 명인 이후였다. 그런 그가 무황의 아들 적황을 공격했다는 것은 이 땅의 권력

가들이 무황은 몰라도 그 자식들에게까지는 충성심을 기대할 수 없다는 것을 의미한다.

더불어 자신들의 야망을 위해선 무황의 혈육을 공격하는 것도 망설이지 않을 것이다.

"우리 가문이 몰락할 수도 있단 뜻이군. 하긴 생각해 보니 그럴 수도 있겠어. 본래 우리 신혈족은 강자를 숭상하는 기질이 있으니까."

적화우가 중얼거렸다.

"꼭 무황의 혈통이 아바르의 제왕이 될 필요도 없지요."

적풍이 냉정하게 말했다.

"그건 또 무슨 소리냐? 지금까지 내게 무황의 혈통이 아닌 야심가들의 도발을 경고하고서 이제 와선 다른 사람이 아버님의 뒤를 이어도 괜찮다고?"

"제가 걱정하는 건 누가 되었든 새로운 아바르의 제왕이 된 자가 무황의 혈육, 혹은 자신을 반대하던 자들에게 피의 보복을 하는 것입니다. 그렇게 되면 아바르는 결국 무너지겠지요."

"혈육을 걱정하는 게 아니라 아바르를 걱정하는 것이란 뜻이냐?"

"같은 의미지요."

"좋아, 그래서 내가 해야 할 일은 이 땅의 균형을 유지하는 일이란 것이냐? 아바르 내부에서 그 누구도 함부로 살육을 저지르지 못하게 말이다. 설혹 그가 아바르의 제왕이라 해도."

"그렇습니다. 그럴 수 있는 힘을 가지고 계시는 것이 황녀님이 아바르를 위해 할 수 있는 최선이라고 생각합니다."

적풍의 말에 적화우가 쿤란을 바라봤다. 그러고는 진지하게 물었다.

"나에게 한 충고가 이미 아우와 이야기한 것이오?"

앞서 쿤란은 적화우에게 아바르의 제왕이 되는 것보다 누구든 아바르의 제왕이 된 이후의 일을 대비하라고 했다.

그때를 생각하면 자신이 우하성주가 된 것이 그녀에게 큰 힘이 될 것이고, 또한 적풍과 좋은 관계를 유지할 필요가 있다고 충고했다.

"말씀드렸듯이 아바르의 정세에 관해선 사황자님과 의견을 나눈 적이 없습니다."

쿤란이 담담하게 부인했다.

"그런데 묘하게 두 사람의 생각이 닮았구려."

"그것이 아마도 황녀님을 위한 최선의 길이기 때문일 겁니다."

쿤란은 이번에도 냉정하게 충고했다. 그러자 적화우가 잠시 눈살을 찌푸렸다가 입을 열었다,

"생각할 것이 많아. 아무튼 이번 싸움에선 뒤로 물러나 있겠단 것이지?"

적화우가 적풍에게 확인하듯 물었다.

"공격하실 겁니까?"

적풍이 되물었다.

"물론 신혈의 피를 가진 전사는 받은 것은 반드시 돌려주지."

적화우가 새삼스럽게 전의를 불태웠다.

"알겠습니다. 하지만 보다시피 우리 십자성의 식구들은 겨우

스무 명 남짓, 이런 싸움에는 크게 도움이 되지 못할 겁니다. 뒤에서 지켜보지요."

"알겠어. 그런데… 만약의 경우 내가 또다시 위기에 빠지면 날 도와주기 위해 전장에 뛰어들 건가?"

"아마도……. 그러나 그런 일은 더 이상 없겠지요."

"물론 그럴 거야. 다만 아우의 그 대답이 듣고 싶었어. 내 미래를 계획하는 데 도움이 될 것 같아서. 아무튼 그동안 못난 모습만 보여주었는데 이번에는 제대로 된 내 모습을 보여주지."

적화우가 자신감이 넘치는 목소리로 말했다.

"한 가지 충고해도 될까요?"

"뭐지?"

"반드시 얼마간의 전사를 아르 강변에 배치해야 할 겁니다."

"그 말은… 강 건너에 저들의 병력이 더 있다는 뜻이겠지?"

"그렇습니다."

"음, 그건 나도 생각하고 있어. 겨우 일천의 숫자로 아바르 강을 건너 날 공격할 생각은 하지 않았을 테니까. 그 일은 천성주께서 맡아주시겠어요? 전선을 가지고 계시니."

"그러지요."

천일란이 고개를 끄떡였다.

"그럼 난 이만 가봐야겠다. 싸울 준비를 해야 하니."

"그렇게 하십시오."

"네가 날 어떻게 생각하는지는 모르겠다. 그래도 이 말은 해야겠어. 와줘서 고맙다. 앞으로 널 불편하게 하는 일은 없을 거다. 가겠다."

적화우가 마치 사랑을 고백한 여인처럼 뒤도 돌아보지 않고 말을 몰아 자신의 진영으로 달렸다.

몇몇 전사들이 급히 그녀를 따라갔다. 그 모습을 보고 적풍이 돌아서려는데 문득 푸른호수 성의 성주 천일란이 적풍을 불렀다.

"사황자님!"

"더 할 말이 있소?"

적풍이 뒤를 돌아보며 물었다.

과거의 악연으로 인해 오늘 서로 얼굴을 마주하고도 한마디 말이 없던 두 사람이다.

"지난 일에 대해 사과드리고 싶습니다."

천일란이 가볍게 고개를 숙이며 말했다.

그러자 그런 천일란을 물끄러미 바라보던 적풍이 무심한 목소리로 입을 열었다.

"강을 건너온다면 저들의 숫자가 결코 적지 않을 것이오. 무모하게 맞서 싸우는 것보단 거리를 두고 저들을 위협하는 것이 상륙을 막는 데 더 효과적일 것이오."

싸움에 대한 충고를 한다는 것은 천일란의 사과를 받아들였단 뜻이다. 천일란의 노안에 가벼운 미소가 드리웠다.

"감사합니다. 충고는 명심하겠습니다. 그럼 이만. 모두 가자!"

천일란이 생기가 넘치는 목소리로 명을 내리고는 수하들을 이끌고 앞서간 적화우의 뒤를 따라 말을 몰기 시작했다.

"저도 그만 가보겠습니다."

쿤란이 적풍에게 작별을 고했다.

"수고하시오."

"제겐 충고하실 말씀이 없으십니까?"

"그대가 노련한 사람이란 걸 알고 있소. 그러니 충고를 하려면 그대가 나에게 해야겠지. 아무튼 몸조심하시오. 어떤 싸움이든 위험한 법이니까."

"고맙습니다. 그리고 뒤에 사황자님께서 계시니 마음껏 싸워 보겠습니다."

"날 너무 믿지 마시오."

적풍이 차갑게 말했다.

"하지만 이상하게 전 사황자님께 의지하게 되는군요. 그럼 이만!"

쿤란이 고개를 숙여 보이고는 서둘러 말을 몰아 그들의 진영으로 달리기 시작했다.

그렇게 세 사람이 멀어지자 적풍이 고개를 갸웃하며 중얼거렸다.

"일이 잘된 건지 잘못된 건지 모르겠군."

"무슨 말씀이십니까? 잘된 것 아닙니까? 모두가 주군께 호의를 갖게 되지 않습니까?"

이위령이 물었다.

"그래서 말이야. 이렇게 되면 또 귀찮은 일이 생길 것 같단 말이지. 귀찮은 것은 질색인데……."

적풍이 정말 우울한 표정으로 멀어지는 적화우 등을 보며 중얼거렸다.

적화우의 말대로 싸움은 결국 시작됐다.

천일란 이후 구원대들이 하나둘씩 합류하자 금세 아바르 전사의 숫자가 이천을 넘었다.

적화우는 이제 적보다 압도적인 전력을 갖고 네 왕국의 전사들을 공격하기 시작했다.

                    *   *   *

이 땅의 싸움은 특이했다.

지금껏 적풍과 십자성의 고수들이 경험해 보지 못한 싸움, 대병력이 동원되는 명계의 나라와 나라 간의 싸움 같으면서도 일단 접전이 이뤄지면 철저히 개인과 개인의 겨룸으로 이어졌다.

진법에 의한 움직임은 싸움이 일어나기 전까지만 유효한 듯했고, 일단 싸움이 시작되면 금세 그 효용을 잃는 것처럼 보였다.

마치 관병의 싸움으로 시작해 무림의 싸움으로 변질되어 가는 그런 양상이었다.

적풍과 십자성의 무사들은 계획대로 그 난장의 싸움에 뛰어들지 않았다. 그들은 전장에서 수십 장 떨어진 곳에서 묵묵히 전세의 흐름을 따라 말을 몰 뿐이었다.

사실 전세는 싸움을 시작하기 전에 이미 결정되어 있었다.

전력에서 밀리게 된 네 왕국의 전사들은 적화우조차 사로잡지 못했다는 실망감으로 크게 전의가 떨어져 있었다.

이런 전사들로서는 복수심에 불타는 적화우와 대군의 아바르 전사들을 상대하는 것이 거의 불가능했다.

그래서 싸움이 시작된 지 얼마 되지 않아 결국 네 왕국의 우두머리들은 퇴각을 결정할 수밖에 없었다.

그리고 예상대로 그들의 퇴각 진로는 북쪽이었다.

그들 중 누구도 세 방향에서 몰려오는 아바르 전사들의 진영을 깨고 다른 쪽으로 움직일 용기와 실력이 없었다.

폭풍처럼 적을 몰아치던 아바르 전사들은 일단 적이 후퇴하기 시작하자 그때부터는 여유를 갖고 적을 몰기 시작했다.

마치 사냥감을 몰아가는 노련한 사냥꾼처럼 그렇게 아바르 전사들은 네 왕국의 전사들을 몰아갔다.

"생각보다 뛰어나군요."

후퇴하는 자들과 추격하는 자들을 따라 북쪽으로 이동하면서 소두괴가 말했다.

"뭐가 말인가?"

적풍이 물었다.

"병력을 운용하는 능력 말입니다. 진퇴에 유연함이 있습니다. 그렇게 보지 않았는데……."

아바르의 전사들을 지휘하고 있는 적화우를 두고 하는 말이다. 평소 그녀의 성정으로 보면 이렇게 강약을 조절하며 적을 추격하는 일은 생각하기 어려웠다.

"황녀님 곁에는 노련한 인물들이 많습니다."

그들의 뒤를 따르던 구룡이 소두괴의 말을 받았다.

"쿤란 성주 말인가?"

"그분도 그분이지만 사실 황녀님의 오랜 유모이자 사부이신 여후 어르신은 아바르에서도 뛰어난 지략가로 불립니다. 지금까지 삼황녀께서 여인의 몸으로도 아바르의 후계 싸움에서 버티고 계신 것은 사실 다 그분의 덕이지요."

"음, 그래 보이기는 했어. 무척 신중한 사람 같았지."

소두괴가 고개를 끄떡였다.

"삼황녀께서 다른 사람의 말은 흘려들으셔도 여후 어르신의 말씀은 충실하게 따르는 편입니다. 어찌 보면 어머니 같은 존재랄까요."

"행운이군. 그런 사람이 옆에 있다는 것이."

소두괴의 말처럼 혼란한 성정의 삼황녀 적화우 곁에 여후 같은 노련한 인물이 있다는 것은 큰 행운이었다.

그때 앞쪽에서 타르두의 목소리가 들렸다.

"숲입니다."

타르두는 언제나 그렇듯 이위령과 함께 일행을 앞서 나가 길을 살피고 있었다.

십자성의 무사들 눈에 마치 얼음 숲처럼 밤에도 신비로운 은빛을 흘려내는 은빛 숲이 보였다.

적풍과 그 일행이 하룻밤을 보낸 숲이다.

숲이 나타나자 도주하던 네 왕국의 전사들은 누가 먼저랄 것도 없이 숲으로 뛰어들기 시작했다.

"사람이란 참 이상하지?"

숲으로 뛰어드는 네 왕국의 전사들을 보며 소두괴가 말했다.

"뭐가 말입니까?"

뒤따르던 파간이 물었다.

"들어가면 나올 수 없는 사지(死地)인 줄 알면서도 몸을 숨길 수 있다는 생각에 본능적으로 숲으로 들어가고 있으니 말이야."

네 왕국의 전사들이 은빛 나무숲으로 뛰어드는 컷을 두고 하는 말이다.

"당장은 적의 공격을 피할 수 있잖아요?"

파간이 되물었다.

"그러나 일단 포위되면 나올 수가 없지. 너도 보았듯이 숲 안에 먹을 것이 있더냐? 더군다나 그들은 급히 도주하느라 가지고 있던 식량을 모두 황벽산 아래 놓아두고 왔다. 얼마나 버티겠느냐?"

"하지만… 지난번에는 우리도 저 숲으로 들어갔지 않습니까?"

"그때와는 다르지. 우린 일단 소수여서 언제든 탈출을 시도할 수 있었고, 두 번째는 숨자고 들어간 것이 아니라 저들을 유인하려고 들어간 것이었으니까."

"저들도 같은 생각 아닐까요?"

"그런 책략을 쓰기엔 너무 대병이지. 그리고… 아바르의 전사들은 절대 숲 안으로 들어가지 않을 거다."

"역시 화공인가요?"

파간이 어두운 표정으로 물었다.

전쟁에서 화공은 포위된 적을 공격할 때 자주 쓰이는 공략법이다. 화공은 제대로 쓰이면 적에게 거의 궤멸에 가까운 피해를 입힌다.

그런 필요 이상의 살상이 벌어지기 때문에 화공에 대한 평은 전략가들 사이에서도 그리 좋은 것이 아니었다.

"아마도……."

소두괴가 대답했다.

그때 갑자기 아바르 전사들의 진격이 빨라지기 시작했다.

두두두!

거대한 말발굽 소리가 초원을 울린다.

아바르의 전사들이 질풍처럼 말을 몰아 은빛 나무숲을 에워싸기 시작했다.

그들은 삽시간에 숲을 에워싼 후 이번에는 황벽산 쪽 방향인 남동쪽만 열어두고 적을 포위했다. 그러고는 즉시 숲 안으로 화살을 쏟아 붓기 시작했다.

"숲으로의 저런 화살 공격은 낭비 아닌가요?"

나무들이 자연적으로 화살을 막아주는 방패 역할을 하기 때문에 숲을 향한 화살 공격은 그리 효과적인 방법이 아니었다.

그럼에도 아바르의 전사들은 비 오듯 화살을 쏘아대고 있었다.

"적을 죽이자고 하는 공격이 아니다. 적의 움직임을 둔화시키고 그사이 포위망을 단단하게 하려는 것이지. 아마 그 와중에 화공을 준비할 것이다."

소두괴의 말이 채 끝나기도 전에 이번에는 적풍 일행의 뒤쪽
에서 말과 마차가 달리는 소리가 들렸다.

일행이 뒤를 돌아보니 십여 대의 마차가 은빛 나무숲으로 달
려오고 있었다.

"역시 화공을 준비하는군요."

파간이 우울한 표정으로 말했다. 마차에 실린 것이 기름과
염초임은 멀리서도 알아볼 수 있었다.

"조금 물러나지."

곧 있을 화공에 대비해 적풍이 십자성 고수들에게 뒤로 물
러날 것을 명했다. 그 명에 따라 십자성 고수들이 백여 장 뒤
로 물러났다.

화공이 시작된 것은 한밤이 지난 새벽녘이었다.

숲의 서쪽에 기름이 부어지고 아바르 강 쪽에서 동쪽으로
바람이 불기 시작하자 아바르 전사들은 망설이지 않고 염초에
불을 붙여 숲 안쪽으로 던져 넣었다.

화르르!

기름을 먹은 숲이 순식간에 타오르기 시작했다. 하늘 위로
솟구치는 화염이 수십 장에 이르는 것 같다.

그 불길 속에서 고함과 비명이 동시에 터져 나왔다.

아바르의 전사들은 은빛 숲의 불길 속으로 뛰어들지 않았
다. 아니, 그들조차도 자신들이 만들어낸 거대한 화염 속으로
들어갈 엄두를 내지 못했다.

대신 그들은 계속해서 강전을 화염 속으로 쏘아 보냈다.

그 화살 공격에 네 왕국의 전사들이 전과 다르게 하나둘 쓰러져 갔다.

이르게 겨울을 준비한 잘 마른 은빛 나무들이 불길을 견디지 못하고 쓰러지자 아바르 전사들이 쏘아대는 화살을 막아줄 방어막이 사라진 것이다.

더군다나 어둠과 연기, 그리고 뜨거운 화염에 시야가 가려 네 왕국의 전사들은 날아드는 화살을 막아낼 방법이 없었다.

결국 네 왕국의 우두머리들은 다시 숲을 떠날 수밖에 없다는 것을 인정했다.

결정을 내리자 불길 속에서 뛰쳐나온 네 왕국의 전사들이 무서운 속도로 남동쪽, 다시금 황벽산이 있는 곳을 향해 질주하기 시작했다.

은빛 나무숲을 포위하고 있던 아바르 전사들은 화염 속에서 탈출하는 자들을 막아서지 않았다.

등 뒤에서 몰려오는 화염을 피해 달아나는 자들의 기세는 그 불길만큼이나 위력적이어서 아바르 전사들이 그들을 막았다가는 자신들도 큰 피해를 볼 수 있었다.

물론 애초에 그런 계산하에 남동쪽에는 전사들을 배치하지 않은 적화우이다.

두두두!

다시금 초원의 질주가 시작됐다.

아바르 전사 중 일부는 뒤에 남아 미처 은빛 숲을 벗어나지 못한 네 왕국의 전사들을 제압했고, 대부분의 전사들은 도주하는 네 왕국의 수뇌들을 쫓아 다시 초원을 달리기 시작했다.

그리고 그즈음 서서히 세상이 밝아오기 시작했다.

정세의 변화는 무척 극적이었다.

은빛 숲을 나와 도주한 네 왕국의 수뇌들은 그들이 적화우를 고립시킨 황벽산으로 들어갔다.

그리고 마치 어제까지의 적화우처럼 황벽산 중턱까지 퇴각한 후 그곳에 단단한 방어진을 형성했다.

적화우는 또 어제까지 자신을 공격하던 네 왕국의 전사들이 그랬던 것처럼 황벽산을 단단히 에워싸기 시작했다.

그렇게 서로의 위치가 바뀐 채 그들을 새로운 아침을 맞이했다.

"인생사 새옹지마라더니 참 재미있게 되었군요."

이위령은 지금의 상황이 무척 즐거운 듯 보였다. 하룻밤 새 벌어진 싸움은 그야말로 광풍 같은 것이어서 그들의 싸움을 구경하는 십자성의 무사들조차 한숨도 자지 못했다.

그러나 그럼에도 불구하고 십자성 무사들 중 피곤해 보이는 사람은 없었다.

신혈족의 피를 이은 자들은 싸움 앞에서는 그로부터 생기를 얻는 듯 보였다.

"결국 항복하겠지요."

소두괴가 말했다.

"항복할까? 황벽산이 난공불락임은 삼황녀께서 이미 증명했잖아? 거의 보름을 버텼는데⋯⋯."

이위령이 되물었다.

그러자 소두괴가 고개를 저었다.

"삼황녀님이야 소수의 사람들을 데리고 있었지만 저들은 아직도 육칠백은 돼요. 그렇게 오래 버틸 식량이 없지요. 더군다나 삼황녀님은 구원대가 온다는 희망이 있었지만 저들은 구원대를 기대하기도 힘드니까 더 버티기 어려울 겁니다."

"다른 자들이 강을 넘을 수 있다며?"

"그럴 수도 있지만 조금만 늦어도 아무 소용없는 일이지요. 듣자 하니 무황님이 직접 오고 계신 것 같더군요. 무황님이 오고 나서야 구원대가 온들 아무 소용없을 겁니다. 칠왕이 직접 온다면 모를까."

"그전에 강을 건너오려면 무리를 하겠군."

"그랬다가는 많은 손해를 봐야 할 겁니다. 푸른호수 성의 전선들이 그들을 막을 테니까요."

여러 가지로 네 왕국의 전사들에게 불리한 상황인 것은 분명했다. 그리고 결국 이 싸움의 결과는 시간이 말해줄 것이라는 걸 누구나 알고 있었다.

그런데 적을 황벽산에 몰아넣은 아바르의 전사들 진영에서 또 다른 움직임이 보였다.

어느새 이천여 명에 이른 아바르 전사 중 오백여 명이 포위망에서 벗어나 강변 쪽을 향해 움직이기 시작한 것이다.

"주도면밀하군요."

소두꾀가 감탄했다.

"역시 푸른호수 성 전사들의 숫자가 부족한 걸 걱정한 것이
겠지?"

이 정도 추측은 이위령도 능히 할 수 있었다.

"강변과 배 위 두 곳에서 협공을 한다면 네 왕국의 전사들
이 강변에 상륙하기가 쉽지 않을 겁니다."

"그쪽 구경을 갈까요? 사실 이쪽은 이 상태로 며칠간 지속될
것도 같은데."

이위령이 적풍에게 물었다.

그러자 적풍이 고개를 끄떡였다.

"그러지. 수전(水戰)은 본 적이 별로 없어서 보고 싶군. 더군
다나 이렇게 큰 수전은 처음이고."

적풍도 네 왕국의 구원대와 푸른호수 성 전선들이 벌이는 수
전에 호기심이 생긴 모양이다.

"그럼 그리로 길을 잡겠습니다!"

이위령이 소리치고는 앞서서 서쪽으로 말을 몰아가기 시작
했다.

                    *   *   *

뿌우우!

바다처럼 넓은 아바르 강 위에서 쉴 새 없이 뿔피리 소리가
울려 퍼졌다.

한쪽에서만 일어나는 소리가 아니었다. 강 이쪽과 강 저쪽

양쪽에서 모두 뿔피리 소리가 들려왔다.

그리고 그 소리가 시작된 지 얼마 지나지 않아 강 건너 서쪽 변에 구름처럼 사람들이 모여들기 시작했다. 서로 다른 옷차림과 서로 다른 깃발을 나부끼며.

그 깃발 아래 모여든 사람의 숫자는 애초에 적풍 등이 예상한 것보다 훨씬 많았다.

"이거… 이래서는……."

아바르 강 건너편 서쪽에 모여드는 네 왕국의 전사들을 본 이위령이 걱정스러운 표정을 지었다.

그도 그럴 것이, 강 건너편에 모인 네 왕국 전사들의 숫자가 수천은 되어 보였기 때문이다. 아니, 어쩌면 그보다 더 많을 수도 있었다.

"아예 아바르를 정벌하겠다는 건가?"

구룡도 걱정스러운 표정으로 중얼거렸다.

그러자 소두괴가 침착하게 말했다.

"숫자가 많다고 당장 이쪽이 불리한 것은 아니네."

"왜 그렇습니까?"

구룡이 물었다.

"저들의 전력이 모두 이쪽으로 올 수 있다면 문제겠지만 저들이 가진 배는 얼핏 봐도 십여 척에 지나지 않네. 많이 건너봐야 한 번에 일천 정도인데 그 정도만으로도 배가 미어지게 사람이 타야 할 걸세. 싸울 공간도 없이 말이야. 또한 그 인원이 모두 상륙할 수 있냐 하면 그것도 아니지. 그 정도라면 충분히 푸른호수 성의 전선들과 강변을 지키는 아바르 전사들이 막아낼 수 있을 테니까."

"정말 그렇군요. 사람 수만 생각했지 강을 건널 수 있는 배의 숫자는 생각지 못했군요."

구룡이 겸연쩍은 표정으로 말했다.

"그렇다고 해도 저 숫자는 부담스럽지 않아? 만약 뗏목이라도 만들어 건너겠다고 하면……."

이위령이 물었다.

"그건 시간이 필요한 일이지요. 그사이 무황께서 도착하실 수 있을 겁니다."

소두괴는 여전히 전세를 아바르 쪽에 유리하게 보는 듯했다.

그런데 그때 지금까지완 다르게 큰 북소리가 울리더니 서쪽 강변에 떠 있던 네 왕국의 배들이 강 동쪽을 향해 움직이기 시작했다. 드디어 네 왕국의 전사들이 도하를 시작한 것이다.

제5장
수전(水戰)

　네 왕국의 전사들을 태운 배는 열 척, 강 동쪽 변에서 적의 도하를 막는 푸른호수 성의 전선은 다섯 척이다.

　물론 배의 숫자가 모든 것을 말해주는 것은 아니다.

　도하를 하는 네 왕국의 전선에 탄 전사들의 숫자와 푸른호수 성의 전선에 타고 있는 전사들의 숫자는 전선의 숫자보다도 훨씬 많은 차이를 보일 것이다.

　그러나 물 위에서의 싸움이란 것은 배에 얼마나 많은 사람이 타고 있느냐보다는 그 전선을 움직이는 자들의 능력에 의해 승패가 갈리게 마련이다.

　뿌우우!

　네 왕국의 전사들을 실은 배들이 다가오자 푸른호수 성의 전선들도 움직이기 시작했다.

그들은 적들에 맞서 앞으로 나가는 대신 마치 길을 내어주겠다는 듯 강의 상류로 거슬러 오르기 시작했다.

"역시 정면 대결을 하지 않겠다는 거군요."

소두괴가 푸른호수 성 전선들의 움직임을 보며 말했다.

"정면 대결이 불리하다는 걸 잘 알 테니까. 만약 칠왕의 세력들이 상륙을 목적으로 하지 않는다면, 단지 물 위의 싸움으로만 본다면 이 싸움은 아바르의 전사들이 견딜 수 없는 싸움이야. 네 왕국에는 오손과 바람의 왕국이 포함되어 있으니까. 그들이야말로 대해와 세 어머니의 호수를 근거로 하는 수전의 달인들 아니겠나."

적풍이 말했다.

그러자 곁에 있던 구룡이 얼른 입을 열었다

"맞습니다. 그들을 상대로 수전을 벌이는 것은 필패이지요. 듣기로 과거 무황께서 아바르를 공략하실 때도 수전은 단 한 번도 시도하지 않으셨다고 하더군요."

"그렇다면 결국 상륙을 하긴 하겠군요."

이위령이 말했다.

"글쎄. 그럴 가능성이 높지만 피해도 제법 많겠지. 더군다나 강변에서는 이미 아바르의 전사들이 기다리고 있으니까."

적풍이 대답을 하는 사이 갑자기 푸른호수 성의 전선에서 석포 소리가 터져 나왔다.

쿵!

배 위에서 쏘아진 석포가 허공을 가르고 날아가 네 왕국의 전선들이 움직이는 방향 앞쪽에 떨어졌다.

아직은 석포가 닿을 거리가 아니어서 전선에 큰 충격을 주지는 못했지만 바람처럼 물살을 가르던 네 왕국 전선들의 속도를 늦추는 데는 충분한 효과를 발휘했다.

그러자 잠시 후 속도를 늦춘 네 왕국의 전선에서도 석포가 발사됐다.

쿵쿵!

네 왕국의 전선에서 발사된 석포 소리는 앞서 푸른호수 성의 전선에서 석포가 발사될 때보다 훨씬 컸다.

그리고 석포가 날아간 거리와 충격도 훨씬 강력해서 그들의 석포는 푸른호수 성의 전선 바로 앞까지 날아가 강력한 물결을 일으켰다.

그 탓에 푸른호수 성의 전선들이 잠시 출렁거리며 방향이 틀어졌다. 그러자 그사이를 놓치지 않고 네 왕국의 전선들이 물 위에서 특별한 진형을 갖추기 시작했다.

네 왕국의 전선 중 다섯 척이 일렬로 늘어섰고, 그 하류 쪽으로 다섯 척의 전선이 뭉치듯 원형의 진형을 갖춘 채 다시 속도를 내기 시작했다.

"위에 일렬로 늘어선 다섯 척으로는 푸른호수 성의 전선들을 상대하고 아래쪽 다섯 척에 탄 전사들을 상륙시키려는 것 같습니다."

누가 봐도 금세 알아차릴 수 있는 전술이다. 그리고 그 누구라도 알 수 있는 전술은 생각보다 효과가 좋았다.

쿵쿵쿵!

계속해서 서로를 향해 석포를 발사한 덕에 양쪽 전선이 직접

적으로 충돌하는 상황은 벌어지지 않았다. 또한 서로 석포가
닿지 않을 거리를 유지했기 때문에 서로의 배에 큰 피해도 없
었다.

그 덕에 네 왕국의 전선들이 형성한 특이한 진영은 쉽게 흐
트러지지 않았다.

그들은 푸른호수 성 전선들의 공격을 받으면서도 꾸준히 동
쪽 강변을 향해 전진했다.

"저래서는… 시간을 지체시키지도 못하겠는데요? 역시 오손
과 바람의 왕국 전사들이 물 위에서는 노련하군요."

소두괴가 혀를 찼다.

"천 성주님은 싸움에 관해선 그 식견이 무척 날카로운 분입
니다. 분명히 달리 대책을 마련해 두었을 겁니다."

구룡은 적을 막지 못하고 애꿎은 석포만 소비하는 푸른호수
성의 전사들을 여전히 믿는 모양이다.

"만약 다른 계획이 있다면 더 이상 미룰 상황은 아닌 것 같
은데? 이제 곧 상륙이야."

소두괴가 걱정스러운 표정으로 말했다.

그런데 그때였다. 갑자기 푸른호수 성의 전선에서 커다란 나
무통을 강물에 밀어 넣기 시작했다.

평소에는 물통이나 술통으로 쓰이는 것이었는데 일단 물에
떨어진 나무통들은 빠르게 하류로 흘러내려 가기 시작했다.

"또 화공인가?"

소두괴가 나직하게 중얼거렸다.

"화공이라뇨?"

파간이 의아한 표정으로 물었다.

"저 통들을 아무 이유 없이 흘려보내지는 않을 거야. 물론 통들이 적선에 충돌해 충격을 줄 수도 있지만 물에 뜰 정도의 무게라면 그렇게 큰 충격은 주지 못하지. 그럼 결국 남은 건 하나, 저 안에 다른 뭔가가 들어 있다는 의미지. 뭐가 들었겠느냐?"

소두괴가 파간에게 되물었다.

그러자 파간이 대답했다.

"기름이요?"

"그래. 이미 은빛 나무숲에서 화공을 사용한 아바르의 전사들이야. 그때 사용하지 않은 기름이 남아 있는 모양이군. 화공이라면… 칠왕의 전사들에게도 쉽지 않은 싸움이 될 거야. 그러고 보니 상류로 이동한 이유가 있었군."

소두괴가 고개를 끄덕이며 중얼거렸다.

푸른호수 성의 전선에서 던져진 나무통들이 물살을 타고 유유히 네 왕국의 전선을 향해 흘러내려 갔다.

그러다가 한순간 푸른호수 성의 석포들이 적선이 아닌 나무통들을 향해 쏟아졌다.

펑펑!

열 발을 쏘면 두어 발 정도만 나무통을 맞췄지만 워낙 많은 석포를 쏘아대는 통해 물 위에 떠 있던 나무통들이 금세 박살이 나면서 그 안에서 투명한 액체가 흘러나왔다.

그러자 뒤를 이어 푸른호수 성의 전선에서 불화살이 날아올랐다. 그에 맞춰 강변에 방어막을 치고 기다리고 있던 아바르의 전사들도 적선을 향해 불화살을 쏘아대기 시작했다.

촉에 불꽃을 매단 화살들이 화려하게 허공을 가로질렀다. 전장이 아니라면 극치의 아름다움을 느낄 수 있는 그 불화살의 비상은 그들이 물 위에 떨어져 내리는 순간 지옥도를 만들어냈다.

화르르!

불화살들이 물 위에 떨어지는 순간 나무통에서 흘러나온 기름이 뜨거운 불길을 일으켰다.

그리고 그 불길이 순식간에 전사들을 가득 싣고 있던 네 왕국의 전선들로 밀려갔다.

"배를 돌려! 하류로 배를 돌려라! 기름의 방향에서 벗어나!"

네 왕국의 전선에서 다급한 목소리가 터져 나왔다. 그사이 푸른호수 성의 전선들과 석포로 공방을 벌이고 있던 전선 두 척이 불길에 휩싸였다.

"불이다!"

"물로 뛰어들어라!"

불길에 휩싸인 전선에서 비명과 고함이 쏟아졌다.

그런데 그 순간 푸른호수 성의 전선들이 횡으로 정렬하던 그대로 물살을 타고 하류로 내려가기 시작했다.

"정말 매섭군요."

소두괴가 혀를 내둘렀다.

화공으로 전진을 혼란에 빠뜨린 성주 천일란은 적의 숨통을 끊겠다는 듯 화염에 휩싸인 적선을 향해 돌진을 명한 것이다.

아바르 전사들이 전선을 몰아 적진을 향해 돌진하는 것에 때를 맞춰 강변에 있던 아바르 전사들 역시 적선을 향해 제대로 된 화살 공격을 시작했다.

허공을 가르는 화살들이 적진으로 향할 때마다 네 왕국의 전사들 사이에서 비명 소리가 터져 나왔다.

그리고 그즈음 푸른호수 성의 전선들이 불타는 적선을 들이받고 있었다.

쿵!

강력한 충돌 음이 일어나는 순간, 불타던 네 왕국의 전선이 두 동강으로 갈라졌다.

그 안에 타고 있던 전사 대부분은 이미 물속으로 뛰어든 지 오래, 빈 배와 같던 전선이 반으로 갈라진 채 수장됐다.

그렇게 몇 척의 배가 수장되는 사이 뒤로 물러난 칠왕의 전선들이 급히 그들이 온 곳으로 되돌아가기 위해 뱃머리를 돌렸다.

이대로라면 도저히 도하에 성공할 수 없다고 판단한 듯했다.

아바르의 전사들은 뒤를 보이고 도주하는 적선들을 향해 괴성에 가까운 함성을 질러대며 연신 석포와 화살을 쏘아 보냈다.

물러나기는 했지만 네 왕국의 전사들도 화살과 석포로 만만찮게 반격을 해왔다.

그 탓에 아바르 전사들도 쉽사리 적선에 가까이 다가가지는 못했다. 그렇게 한동안 양쪽의 배들이 일정한 거리를 두고 추격전이 이어졌다. 그러던 어느 순간.

뿌우우!

치열한 싸움을 벌이던 강 위에 길게 뿔피리 소리가 퍼져 나갔다. 그러자 강 중간까지 적선을 추격하던 푸른호수 성의 전선들이 추격을 멈추고 천천히 뱃머리를 돌려 동쪽 강변으로 돌아오기 시작했다.

"와아아!"

큰 승리를 거두고 돌아오는 푸른호수 성 전선들을 향해 강변에서 방어막을 구축하고 있던 아바르 전사들이 환호성을 질러댔다.

그러자 배 위의 아바르 전사들도 검을 휘두르며 승리의 기쁨을 만끽했다.

그렇게 아바르 강 동편에 다다른 푸른호수 성의 전선들은 다시금 강의 상류로 이동해 다시 있을 적의 도하에 대비하기 시작했다.

"이건 정말 생각지도 못한 큰 승리군요."

소두괴가 감탄한 듯 중얼거렸다.

그러자 적풍이 신중한 표정으로 대답했다.

"다음번에는 이런 행운이 없을 거야."

"그렇겠죠. 저들도 준비를 하고 올 테니. 하지만 배의 숫자가 많이 줄어서 이젠 세력으로 밀어붙이지는 못할 겁니다. 이렇게 되면 뗏목이라도 만들겠지요?"

"아무튼 다른 방법을 강구하겠지."

적풍이 대답했다.

"뗏목이라면 산이 먼 곳에 있으니 제법 시간이 걸릴 것 같군요."

"그만큼의 시간을 번 것이겠지. 아무튼 정말 제대로 된 수전을 구경했군."

적풍이 말했다.

그러자 소두괴가 물었다.

"돌아가시렵니까?"

수전이 일단락되었으니 황벽산의 싸움이 궁금해진 모양이다.

"아니, 이곳에 머문다."

적풍이 소두괴의 예상과 다른 대답을 했다. 그러자 소두괴가 의아한 표정으로 물었다.

"황벽산의 일이 궁금하지 않으세요?"

"그곳엔 변화가 없을 거야. 이쪽 싸움이 결정되기 전에는. 그러니 결국 싸움의 승패는 이쪽에서 나는 거지."

"그렇긴 하지요."

소두괴가 고개를 끄떡였다.

그러자 적풍이 구룡을 보며 말했다.

"황벽산에 다녀올 수 있겠나?"

"그러겠습니다."

"그 양반이 얼마나 왔는지도 알아오게."

"무황님 말씀이십니까?"

"음."

"알겠습니다."

구룡이 대답하고는 석불성 출신 무사들을 데리고 급히 강변을 떠났다.

강의 상류에서 거대한 뗏목들이 하류로 떠내려 온 것은 삼일이 지난 후였다.

그들이 다시 전선을 앞세우고 그 뒤쪽에 수천의 전사들을 태운 뗏목을 강에 띄워 단번에 아바르 강 도하를 시도하자 전세는 다시금 신혈의 아바르에 불리하게 전개되기 시작했다.

네 왕국의 전력은 생각보다 대단해서 수천의 전사들을 뗏목에 태우고도 강변에는 여전히 그들의 깃발 아래 모여든 대병력이 존재했다.

그건 마치 대원정을 포기한 신혈의 아바르를 향해 이번에는 그들이 대원정을 시작하려는 모습 같았다.

이번에는 화공도 힘을 쓰지 못할 것이 확실했다.

왜냐하면 네 왕국의 전사들을 태운 전선과 뗏목들이 강의 상류부터 하류까지 수백 장에 걸쳐 진영을 벌린 채로 도하를 시도했기 때문에 겨우 다섯 척의 전선으로 그 모두에게 화공을 가할 수는 없었다.

그쯤 되자 푸른호수 성의 성주 천일란도 더 이상은 강 위에서 적을 막을 수 없다는 것을 인정할 수밖에 없었다.

그래서 그녀는 소수의 전사들로 하여금 전선을 이끌고 하류로 내려가도록 해서 전선을 보존하고, 그녀 자신과 푸른호수 성의 전사들 대부분은 전선에서 내려 아바르 강 동쪽 변에 방어막을 형성하고 있던 전사들과 합류했다.

그러나 그렇게 전사들이 모여도 수천의 적에 비하면 아바르 전사들의 숫자는 겨우 오백여 명 정도. 그 숫자로는 아무리 용맹한 전사라 해도 칠왕의 후예를 자처하는 수천 전사들을 감당할 수 없었다.

"퇴각해야 하는 것 아닙니까?"

이위령이 걱정스러운 표정으로 적풍에게 물었다.

"그 결정은 오직 한 사람만 할 수 있겠지."

"삼황녀님이요?"

"음."

적풍이 고개를 끄떡였다.

"삼황녀님도 퇴각 결정을 내리지 않을까요? 이미 이쪽 사정을 잘 알고 있을 텐데……."

"글쎄. 욕심을 낼 수도 있겠지."

삼황녀 적화우는 적의 본진이 황벽산에 도착하기 전에 황벽산에 고립된 네 왕국 전사들을 제압하려 하고 있었다.

지난 사흘간 맹렬한 공격을 퍼붓고 있다는 것이 구룡이 전해온 소식이다.

황벽산 인근의 정세가 워낙 빠르게 변하고 있어 구룡은 아예 그곳에 머물면서 사람을 보내 적풍에게 그곳 사정을 전하고 있었다.

"하지만 이대로 적을 맞으면 저들은 전멸을 면치 못할 겁니다."

이위령이 어두운 얼굴로 말했다.

"음."

적풍이 나직한 음성으로 대답했다. 그러자 이위령이 잠시 망설이는 듯하더니 결국 입을 열었다.

"주군께서 관여하셔야 할 것 같습니다만⋯⋯."

"생각 중이야."

적풍도 이쯤 되면 자신이 나서지 않을 수 없다는 것을 알고 있었다.

하지만 삼황녀 적화우의 명이 없는 상태에서 자신의 충고를 천일란이 따를 거라고는 확신할 수 없었다.

그렇다면 결국 그가 할 수 있는 일은 아바르 전사들을 도와 네 왕국의 전사들과 싸우는 것인데 그건 너무 위험한 일이었다. 그 자신이 아니라 그를 따르는 십자성의 무사들에게 그러했다.

그래서 적풍으로서도 이 싸움에 관여하는 것을 함부로 결정할 수 없었다.

"일단 퇴각을 권하시죠?"

소두괴가 침착하게 말했다.

"듣지 않을 거야."

"그래도 설득은 해봐야지요."

"음."

적풍은 잠시 생각에 잠겼다가 어쩔 수 없이 고개를 끄떡였다.

"할 수 없군."

적풍의 말에 십자성의 무사들이 일제히 말에 올랐다.

적풍도 천천히 말에 올라 수천의 적을 맞아 싸우기 위해 전의를 불태우고 있는 아바르 전사들의 진영으로 말을 몰기 시작했다.

적풍이 진영으로 들어서자 아바르 전사들 사이에 새삼스레 활기가 일어났다.

이제 아바르 전사들에게 적풍은 더 이상 외인이나 손님이 아니었다.

그들은 그가 일천의 적을 뚫고 들어가 삼황녀 적화우를 구한 것을 알고 있었고, 바람의 전사들 수백을 맞아 단 스무 명으로 그들을 물리치고 적의 수뇌인 장유소의 팔을 자른 것도 알고 있었다.

또한 수하 한 명의 목숨을 위해 장유소를 놓아줄 정도로 자신의 사람을 귀하게 생각한다는 것도 알고 있었다.

그런 적풍이 합류하자 그들은 마치 수천의 대병이 구원을 온 것 같은 안도감을 느끼는 듯 보였다.

"어서 오십시오."

천일란 역시 적풍을 환영하기는 마찬가지였다.

단 스무 명이지만 십자성의 무사들이 보여준 황벽산에서의 성과를 알고 있기 때문이다.

그녀에게선 과거 푸른호수 성에 들른 적풍에게 가진 적의(敵意) 같은 것은 찾아볼 수 없었다.

"한마디 하겠소."

적풍이 말에서 내리면서 천일란에게 말했다.

"말씀하십시오."

"퇴각하는 것이 어떻겠소?"

적풍은 말을 돌리거나 혹은 상대의 기분을 신경 쓰는 사람이 아니었다. 그는 그 시점에서 가장 필요한 말을 가감 없이 내뱉는 사람이었다.

적풍의 말에 천일란의 표정이 금세 어두워졌다.

"삼황녀님의 명이 없습니다."

"그럼 이들 모두를 사지에 몰아넣겠다는 거요?"

적풍이 다시 물었다.

그러자 천일란이 한숨을 쉬며 대답했다.

"그것이 아바르 전사들의 운명입니다."

"무엇을 위해 이들이 죽어야 한다는 거요?"

적풍이 다시 추궁하듯 물었다.

"……"

적풍의 추궁에 천일란은 대답하지 못했다. 그녀 자신도 이곳에서 적을 막아야 하는 이유가 황벽산에 고립된 네 왕국의 전사들을 제압하려는 적화우의 욕심 때문이란 걸 모르지 않았다.

"그대가 물러나면 삼황녀께서도 결국 물러나게 될 것이오. 일단 물러난 후 무황께서 오시기를 기다리는 것이 가장 좋은 선택이오. 물론… 성주도 알고 있을 테지만."

적풍의 말에 천일란은 묵묵부답 대답을 하지 않았다. 적풍의 말이 옳다는 것을 모르는 것이 아니었다. 그러나 이곳에서의 퇴각을 스스로 결정할 수도 없는 천일란이다.

그런 천일란을 보며 적풍은 내심 혀를 찼지만 그녀의 선택을 강요하기 어렵다는 것을 알고는 두 번째 제안을 했다.

"당장 황벽산으로 물러날 수 없다면 적어도 다른 방법으로 저들을 상대합시다."

"어떻게 말입니까?"

천일란이 급히 물었다.

황벽산으로 퇴각하지 않고 싸울 방법이 있다면 그것이야말로 그녀에게 가장 필요한 것이었다.

"접전은 불가능하오. 성주도 알다시피 저들은 수천의 전력이오. 근접전이 시작되는 순간 아바르의 전사들은 순식간에 와해될 것이오. 그러니 일정한 거리를 두고 저들을 상대하는 것이 좋소. 화살로 저들의 접근을 막고, 혹은 뛰어난 전사들을 뽑아 기습적으로 적의 선봉을 흔들어놓는 식으로 저들의 전진을 늦추는 거요. 그렇게 해서 저들이 황벽산에 도달하는 시간을 이삼 일 정도 늦추는 거요. 그 안에 삼황녀께서 황벽산의 일을 마무리 짓지 못한다면 그건 어쩔 수 없는 일이고."

"좋은 방법이기는 하나… 가능할까요? 화살의 숫자가 한정되어 있습니다만……."

"내가 이 땅에 와서 경험한 싸움은 대체로 비슷한 경향을 보였소. 처음에는 세력을 이끄는 자의 전술적인 선택에 의해 시작되지만, 금세 싸움이 각각 개인의 힘을 다투는 난전으로 흐른다는 것이었소. 화살을 아껴 쓰되 적이 접근하면 그땐 적진을 돌파할 전사들이 나서면 되오. 그렇게 하면 싸움은 잠시 난전의 형태로 흐를 거고, 그사이 일정한 거리를 후퇴해 방어진을 구축한 후 다시 화살로 적을 공격해 시간을 버는 거요. 단

화살을 사용할 때는 한 발에 적 한 명을 반드시 제압한다는 생각으로 해야 할 것이오."

적풍의 말에 천일란은 잠시 생각에 잠기더니 결국 고개를 끄떡였다.

"알겠습니다. 역시 그 방법이 최선이군요. 교궁!"

천일란이 누군가를 부르자 갑주를 걸친 중년 여인이 재빨리 천일란의 옆으로 다가왔다.

"예, 성주!"

"삼황녀께 가라. 이틀 정도… 길어야 삼 일의 시간을 두고 황벽산까지 퇴각하겠다고."

"알겠습니다."

"올 때 반드시 무황님의 위치도 확인해야 한다."

"예, 성주!"

교궁이라 불린 중년의 여무사가 대답하고는 말을 몰고 동쪽을 향해 달려 나갔다.

"적들이 배와 뗏목에서 내려 상륙할 때 가장 취약할 것이오. 일단 그때 최대한 손실을 입혀 적들이 함부로 진격하지 못하게 해야 하오. 오늘 더 이상 전진을 하지 못하고 이곳 강변에 진영을 구축하게 만들 수 있다면 그게 최선이오."

"알겠습니다, 사황자님!"

천일란이 대답하고는 서둘러 수하들이 있는 곳으로 다가갔다. 그리고 냉정하게 명을 내렸다.

"백 보 뒤로 후퇴해 그곳에서 화살로 공격한다."

"예, 성주!"

푸른호수 성의 전사들이 일제히 대답한 후 바람처럼 강변에서 일백 보 뒤로 물러났다.

적풍은 푸른호수 성의 전사들이 뒤로 물러나자 고개를 돌려 아바르 강을 건너는 칠왕의 전사들을 바라봤다.

느리지만 꾸준히 이동한 그들은 이제 곧 상륙을 시도할 것처럼 보였다.

"이곳으로 올까?"

적풍이 소두괴에게 물었다.

"그럴 겁니다. 사람이란 본래 적이 있던 곳이 비워지면 그곳으로 향하게 마련이지요. 더군다나 동쪽 강변 중에서 이곳이 상륙하기 가장 적합합니다."

소두괴의 말처럼 그들이 서 있는 곳은 강과 강변의 초원이 부드럽게 이어지는 곳이라 배를 대고 상륙하기에 최적의 장소였다.

애초에 아바르 전사들이 이곳에 진영을 구축한 이유도 그 때문이었다.

"좋아, 그럼 우리도 물러난다. 그리고… 적진을 돌파할 일이 생긴다면 그땐 그대들의 도움을 받겠다."

"도움이라뇨. 당치 않으십니다. 언제든 명을 내려주십시오."

십자성의 무사들이 일제히 대답했다.

"좋아, 그럼 신명나게 싸워보자!"

"예, 성주님!"

십자성 무사들이 위기임에도 불구하고 기대와 흥분이 뒤섞인 표정으로 대답했다.

*　　　　　*　　　　　*

"어떤가?"

노인은 갑주를 입고 있지 않았다. 그의 주위에 있는 거의 모든 사람이 갑주를 걸치고 있었으나 오직 노인과 다른 노인 한 명만은 갑주를 걸치지 않고 있었다.

노인의 질문을 받은 사람은 중년의 무사 셋. 그중 한 명이 노인의 질문에 대답했다.

"황벽산의 전황은 끝을 기약할 수 없고, 천 성주께서 이끄시는 아바르의 전사 오백여 명이 적의 도하를 막기 위해 아바르 강변에 진을 치고 있습니다. 적이 도하를 시도한 일차 접전에선 천 성주께서 화공을 써서 승리를 거두셨습니다만… 적들이 수백 개의 뗏목을 만들어 수천의 대군을 일시에 도하시키려 하고 있어 전황은 한 치 앞을 예측하기 힘든 상황입니다."

중년 사내의 대답에 노인이 잠시 눈살을 찌푸렸다.

"그렇다면 당연히 진을 거두고 후퇴해야 하는 것 아닌가?"

"그렇습니다. 하지만 이 싸움을 지휘하고 계신 삼황녀께서 여전히 황벽산의 적에 대한 공격을 거두지 않고 있습니다. 그런 상황에선 천 성주께서도 아바르 강변의 방어진을 거둘 수 없으실 겁니다."

"후우, 결국 또 문제는 자식 놈인가?"

"……."

노인의 한탄에 그에게 보고를 한 중년 사내가 입을 닫았다.

"이젠 무황께서 직접 명을 내리셔야 할 것 같습니다."

노인의 옆에서 다른 노인이 말했다.

보고를 받은 노인은 아바르의 제왕 무황 적황이다. 그리고 그에게 전황을 보고한 자는 십대호위 중 일인인 백융이고, 조언을 한 사람은 단우하였다.

"내가 이 싸움에 일찍 개입하지 않는 이유를 알고 있지 않은가?"

"물론 이 싸움을 통해 세 분 황자, 황녀님과 아바르의 젊은 전사들에게 실전에 대한 경험을 쌓게 하려 하심은 알고 있습니다. 더불어 세 분 황자, 황녀님의 능력도 보여주고 그 전공을 따져 후계 구도가 자연스레 결정되는 것을 기대하신다는 것도 알고 있습니다. 하지만……."

단우하가 말꼬리를 흐렸다.

그러자 적황이 자조 섞인 표정으로 말했다.

"하지만 싸움의 당사자인 황녀는 진퇴의 때를 읽지 못하고 미련을 떨고 있고, 두 황자는 자신들의 세력이 약해지는 것을 두려워해 싸움의 전면에 나서지 않고 있지. 그 아이들은 내가 나서야 싸움에 뛰어들려 할 거야. 내 명이 없는 이상. 후우……."

"성주께서 결정하셔야 할 시간입니다."

단우하가 말했다.

"그렇긴 한데 마음이 아프군."

"……?"

"이 싸움의 양상으로 인해 결정된 일이 하나 있네."

"무엇입니까?"

단우하가 적황에게 물었다.

"이제 내 아이들은 십자성주를 제외하곤 그 누구도 나의 후계자 경쟁에서 아바르의 다른 강자들에 비해 앞서 있다고 말할 수 없다는 거네. 내 핏줄이란 이득은 이 싸움으로 사라질 것이네."

"설마 그렇겠습니까? 아바르의 모든 전사에겐 여전히 무황님의 혈통이 중요합니다."

"그들의 의사는 중요하지 않아."

"예?"

"내 결심이 그렇다는 거네. 난 이제 아바르의 모든 전사에게 후계자 경쟁의 문을 공식적으로 열겠네."

"무황!"

단우하가 너무 놀라 말을 잇지 못하고 그저 적황을 바라봤다.

"때란 것이 있어. 우두머리가 되려는 사람은 사사로운 이득을 포기하고 동료의 위험을 위해 피해를 감수해야 할 때가 있네. 특히 이 아바르에선 더더욱. 그런데 룡과 호 두 놈은 자신들의 이득을 위해 싸움에 뛰어드는 것을 미루고 있어. 이는 결코 아바르의 제왕이 될 자가 하면 안 되는 행동이지. 이 싸움이 끝나면 아바르의 전사들은 그놈들의 행동에 대해 분명히 의문을 품을 걸세. 아쉬운 일이지. 스스로를 증명할 기회를 놓쳐버리다니."

"모든 전사에게 후계자 경쟁의 문을 공식적으로 연다는 것은 아바르에 큰 혼란을 일으키게 될 겁니다."

"알고 있네."

"그래도 하시겠다는 말입니까?"

단우하가 따지듯 물었다.

그러자 적황이 잠시 침묵을 지키다가 말했다.

"너무 안 좋은 쪽으로 생각하지는 말게. 좋은 흐름으로 갈 수도 있어. 난 그 경쟁에서 한 가지 조건을 걸 생각이네."

"조건이요?"

"음, 피를 보는 내부의 싸움은 인정하지 않을 거야. 자신의 능력을 증명하는 것은 오로지 외부 적과의 싸움이네."

"이 싸움이 오래갈 것으로 보시는군요."

단우하가 우려 섞인 표정으로 말했다.

"우리 앞에 두 개의 전쟁이 기다리고 있네. 물론 그중 어느 것이 진정한 전쟁이 될지는 모르네. 하지만 어떤 전쟁이든 결국 아바르의 운명을 결정짓게 될 걸세. 그 싸움에선 아바르의 모든 것이 필요하지. 그리고 우리가 가진 모든 힘을 끌어내는 데 아바르의 제왕이란 자리만큼 좋은 동기가 있겠나?"

"두 개의 전쟁이라면 역시… 칠왕의 왕국이든 혹은 그……."

"음, 마룩의 징념을 얻은 자의 정체가 밝혀지고 그들의 위협이 현실이 된다면 그때는 칠왕이 아닌 그들과의 전쟁이 되겠지. 칠왕의 후예들과의 싸움은 그 이후가 될 걸세. 하지만 그들의 위협이 생각처럼 심각하지 않다면 그땐… 오늘의 싸움을 시작으로 진정한 이 땅의 주인이 결정되겠지."

적황이 서북쪽을 바라보며 말했다. 황벽산이 있는 곳이다.

"어쩌시렵니까?"

단우하가 다시 물었다. 그러자 적황이 형형한 눈빛을 드러내며 무거운 목소리로 말했다.

"아우는 빠른 전사 일천을 데리고 천 성주가 있는 곳으로 가게. 난 황벽산으로 가지."

"알겠습니다."

"황벽산의 일이 정리되면 최대한 빨리 아바르 강으로 가겠네. 그때까지 그들의 발을 묶으면 되네. 승패를 걸고 전면전을 하지는 말게."

"그리하겠습니다. 사황자께서 계시니 충분히 가능할 것입니다."

"글쎄, 그 녀석이 도와줄까?"

"지금도 돕고 있지 않습니까?"

"그거야 자네가 없을 때의 일이고."

"사황자께선 그저 전장에 존재하는 것만으로도 도움이 될 겁니다. 두 개의 신검을 가진 분이 아닙니까?"

"그렇긴 하지. 좋아, 그쪽은 걱정하지 않겠네. 그리고 백융."

적황이 십대호위 백융을 불렀다.

"예, 무황!"

"지금 즉시 아바르의 모든 성주와 전사들에게 나의 결정을 전하라. 내 사후 아바르의 제왕이 될 자는 앞으로의 전쟁을 통해 자신을 증명해야 할 거라고. 그 대상은 아바르의 모든 전사이다. 나의 혈통은 더 이상 아무런 의미를 갖지 못한다고 말이다."

"주군……."

무황 적황의 결정에 백융이 걱정스러운 표정으로 적황을 바라봤다. 그러자 적황이 단호한 목소리로 말했다.

"새로운 아바르의 전통이다. 향후 아바르의 제왕은 혈통이 아니라 아바르를 위해 자신을 포기한 영웅 중에서 탄생할 것이다. 이 역시 함께 전하라."

적황의 명이 워낙 엄중해서 백융은 더 이상 이의를 말할 수 없었다.

"예, 무황!"

백융이 고개를 숙여 보이고는 재빨리 장내를 벗어났다.

그러자 적황이 단우하를 보며 말했다.

"그럼 아우, 수고해 주게."

"알겠습니다."

단우하가 다부진 표정으로 대답했다.

*   *   *

쐐액!

한 대의 화살이 허공을 갈랐다.

그러자 배에서 내려 무릎까지 차오르는 물살을 가르며 강변으로 올라서려던 오손 왕국의 전사 한 명이 그대로 고꾸라졌다.

퍼퍼퍽!

뒤를 이어 이십여 대의 화살이 날아들어 상륙의 선봉에 선 자들을 쓰러뜨렸다.

"조심하라! 방패를 세워!"

전선 위에서 전사들의 상륙을 지휘하던 우두머리 한 명이 크게 소리쳤다.

그런데 그 순간, 이번에는 일백여 대의 불화살이 허공을 가르며 전선들을 향해 날아들었다.

불화살은 전선 위에 늘어선 전사들이 아닌, 그들의 배를 움직이는 돛에 꽂혔다.

화르륵!

다섯 척의 커다란 전선을 이곳까지 밀고 온 돛에 금세 불이 붙었다.

"돛을 내리고 불을 꺼!"

누군가의 다급한 명이 내려지자 네 왕국의 전사들이 급히 돛을 갑판 위까지 끌어내린 후 불꽃을 밟아 껐다. 그러나 이미 돛 곳곳에 큰 구멍이 난 것은 어쩔 수 없었다.

"방패를 들고 일거에 상륙한다! 선봉은 강변에서 일백 걸음 앞에 방패를 세워 공간을 확보한다!"

명이 떨어지자마자 다섯 척의 배에 타고 있던 네 왕국의 전사들이 물속으로 뛰어내렸다.

그러고는 십여 명씩 짝을 지어 방패를 앞세우고 강변을 향해 밀고 들어갔다.

하지만 이번에는 그들을 향해 단 한 대의 화살 공격도 이뤄지지 않았다.

덕분에 네 왕국의 전사들은 손쉽게 강변의 공터를 확보하고 후대의 동료들이 상륙할 공간을 확보했다.

"모두 상륙하라!"

다시 전선 위에서 무거운 목소리가 터져 나왔다. 그러자 전선들 뒤쪽을 가득 메우고 있던 수백 개의 뗏목이 전선들 사이를 비집고 나와 강변으로 밀려들어 왔다.

"지금!"

천일란이 냉정한 목소리로 명을 내렸다. 그러자 오백여 명의 아바르 전사들이 거의 동시에 화살을 허공으로 쏘아 올렸다.

아바르 전사들이 쏘아 올린 화살이 하늘 높이 솟구쳤다. 그 때문에 그들의 정면에서 방패를 들어 방어막을 형성하고 있던 네 왕국 전사들의 방패는 아무런 효과도 발휘하지 못했다.

"쐐애액!"

하늘 높이 솟구쳤다가 포물선을 그리며 떨어지는 화살들이 중력을 받아 가속도가 붙었다.

그 힘으로 만들어진 파공음이 듣는 자들의 모골을 송연하게 만들었다.

"조심해! 머리 위다!"

뗏목에서 내리려던 칠왕의 전사들이 누가 먼저랄 것도 없이 고함을 쳤다.

그리고 그 순간 그들의 머리 위로 오백 대의 화살이 일시에 내리꽂혔다.

퍼퍼퍽!

"악!"

"큭!"

매섭게 내리꽂는 화살이 사람과 뗏목을 꿰뚫었다. 곳곳에서 전사들이 쓰러졌고, 그 탓에 일정한 간격을 유지하며 강변으로 다가서던 뗏목들이 서로 뒤엉키면서 일대 혼란이 벌어졌다.

"침착하라! 대형을 유지하고 강변으로 올라서라!"

전선 위에 있던 네 왕국의 수뇌들이 뒤엉키는 전열을 바로잡으려 악을 쓰듯 소리쳤다.

그러나 물 위에서 한번 흐트러진 전열은 쉽게 바로잡히지 않았다.

"가볼까?"

적풍이 혼란에 빠진 적진을 바라보며 말했다.

"알겠습니다."

그의 뒤에 도열해 있던 십자성의 고수들이 일제히 대답했다. 그러자 천일란이 미리 뽑아놓은 아바르의 전사 오십 명도 적풍의 뒤쪽에 도열했다.

그런 아바르의 전사들을 향해 적풍이 주의를 주듯 말했다.

"이 돌격은 적을 죽여 물러가게 하려는 것이 아니다. 단지 저들의 발을 묶고자 하는 것이니 적을 베는 것보다 적진을 분열시키고 빠르게 돌아오는 것이 중요하다. 모두 알겠나?"

"예, 사황자님!"

아바르의 전사들이 일제히 대답했다.

"좋아, 그럼 십자성의 형제들이 앞에 선다. 가자!"

적풍의 명이 떨어졌다.

와한과 파간이 말을 몰아 앞으로 튀어나가기 시작했다. 그 뒤를 따라 적풍이 이끄는 십자성의 고수들이 말을 몰았고, 다시 그 뒤로 기러기 떼가 나는 형상을 갖춘 오십여 명의 아바르 전사들이 무서운 속도로 적진을 향해 돌진하기 시작했다.

제6장
일진일퇴(一進一退)

언제나 그렇듯 선두에는 와한과 파간이 섰다. 이제 두 사람은 적풍을 제외하고는 십자성 무사 중 최고의 고수로 인정받고 있었다.

  교벽을 통해 이 땅에 올 때만 해도 무공이나 경험 면에서 감문이 적풍의 뒤를 잇는 이인자였으나, 이제 무공으로는 감문조차도 와한과 파간을 따를 수 없었다.

  더군다나 두 사람은 각기 어린 시절 명계의 몽골과 요동 지방의 유목민들과 생활했기에 말을 타는 재주 또한 탁월했다.

  그래서 두 사람에게 이런 돌파는 더없이 안성맞춤인 공격 형태였다.

  선두에 선 두 사람은 뒤를 바싹 따르고 있는 적풍이 전왕의 검으로 만들어낸 거대한 검은 기운, 근원적인 두려움을 일으키는 기운과 빛의 세계 경계선에 위치해 마치 그들 두 사람이 이 검은 기운을 이끌고 오는 것처럼 보였다.

그 모습이 두 사람을 맞닥뜨린 네 왕국의 전사들에게 강렬한 공포감을 만들어냈다.

그리고 두 사람은 그 공포감을 현실로 만들었다.

"요옷!"

늑대의 포효성과 같은 소리를 질러대며 와한과 파간이 거의 동시에 좌우로 검을 휘둘렀다.

그러자 날카롭게 뻗어 나간 두 개의 검기가 한 번에 대여섯 명의 적을 베어냈다.

"악!"

"커억!"

가장 먼저 아바르 강 동안(東岸)에 상륙해 후군이 상륙할 공간을 만들어주고 있던 네 왕국의 전사들이 동료의 갑작스러운 죽음과 함께 단번에 혼란에 빠졌다.

그사이 와한과 파간이 균열시킨 적의 방어선을 아바르의 전사들이 질풍처럼 돌파했다.

"와아아!"

적진을 돌파한 신혈의 아바르 전사들이 잠력을 폭발시켰다.

처음 적진을 향해 질주를 시작할 때는 어느 정도 두려움을 가지고 있었으나, 와한과 파간이 적진을 단번에 돌파하고 적풍이 만들어내는 사자검의 검은 기운이 보호하듯 그들을 휘감아 주자 십자성의 고수들은 어느새 두려움을 잊고 그들의 피가 요구하는 대로 뜨거운 전의에 자신을 맡기고 있었다.

쩡쩡!

곳곳에서 도검의 충돌 음이 일어났다.

기습을 당해 당황했지만 네 왕국의 전사들 역시 신검의 후예를 자처하는 자들이었다.

그들 중 특출 난 담력을 지닌 자들이 정신을 차리고 검은 기운에 휩싸인 아바르 전사들을 향해 돌진했다. 아바르 전사들도 그런 자들을 향해 거침없이 반격을 가했다.

하지만 승패는 생각보다 쉽게 갈렸다.

아바르 전사들의 반격을 받은 네 왕국의 전사들이 낙엽처럼 뒤로 날려가거나 검에 베여 쓰러진 것이다.

아바르 전사들조차도 자신들이 만들어낸 상황에 놀랄 정도였다.

일단 적을 손쉽게 물리치자 아바르 전사들은 더욱 사납게 변했다. 그러자 대열을 이탈해 적진을 향해 돌격하려는 자까지 생겨났다.

"대열을 지켜! 벗어나지 마라!"

가장 뒤쪽에서 아바르 전사들을 따르고 있던 소두괴가 경고하듯 외쳤다.

그 소리에 적들을 향해 돌격하려던 아바르 전사들이 퍼뜩 정신을 차리고 다시 대열 속으로 들어왔다. 그리고 더욱 속도를 높여 적의 방어선을 앞에서 뒤로, 그리고 다시 뒤에서 앞으로 뚫어내며 질주했다.

그러자 단번에 네 왕국 전사들의 방어진이 와해됐다.

그 탓에 상륙하려던 자들 역시 발이 묶였다. 그들을 향해 날아오는 화살을 막아주던 앞 선의 방패진이 무너지자 다시금 천일란이 이끄는 아바르 전사들의 화살 공격이 시작됐기 때문이다.

그렇다고 그들이 자신들의 방어진을 유린하고 있는 적풍 일행을 향해 화살로 반격할 수도 없었다.

적풍의 돌격대가 네 왕국의 전사들과 뒤엉켜 있어서 활로 공격했다가는 자신들의 동료들까지 위험했기 때문이다.

그래서 강 위의 수천 전사들을 두고도 네 왕국의 전사들은 적풍이 지휘하는 아바르의 돌격대가 자신들의 방어선을 유린하는 걸 보고 있을 수밖에 없었다.

그러는 사이 네 왕국의 전사들이 세운 강변의 방어선과 상륙 거점이 완전히 무너졌다.

검으로 적을 공격하는 대신 사자검을 유려하게 휘둘러 신검의 기운을 만들어내 아군을 보호하던 적풍은 이젠 돌아가야 할 때라는 것을 깨달았다.

강 위에 떠 있는 적들의 전선에서 우두머리로 보이는 자들이 뗏목으로 내려서는 것이 보였기 때문이다.

적의 수뇌들이 정예의 전사들을 이끌고 공격해 온다면 겨우 오십여 명의 돌격대로는 그들을 막아낼 수 없었다.

이쯤에서 물러나면 저들은 쑥밭이 된 상륙 거점을 재구축하느라 반나절의 시간을 허비하게 될 테니 이번 공격의 목적은 충분이 얻었다고 할 수 있었다.

'마지막 선물을 남기고 갈 시간이군.'

적풍이 사자검의 검은 기운 속에서 눈빛을 번뜩였다. 동시에 아바르의 전사들을 향해 소리쳤다.

"돌아간다!"

적풍의 명이 떨어지자 선두에서 정신을 잃은 듯 적을 베어 넘기던 와한과 파간이 크게 곡선을 그리며 진로를 아바르 전사들의 본진이 있는 곳으로 바꾸었다.

그와 동시에 적풍이 일행의 후미로 자리를 옮겼다.

와한과 파간은 순식간에 적진을 벗어났다. 뒤를 이어 아바르의 전사들 역시 큰 어려움 없이 네 왕국의 전사들 진영을 벗어났다.

그런데 그 순간 가장 후미에 처져 있던 적풍이 갑자기 방향을 돌려 홀로 적진을 향해 돌진하기 시작했다.

"성주님!"

적풍과 거의 어깨를 나란히 하고 있던 소두괴가 갑작스러운 적풍의 행동에 놀라 뒤를 돌아보며 다급하게 적풍을 불렀다.

그 순간 소두괴는 사자검이 일으키는 검은 기운 속에서 한 줄기 뜨거운 빛줄기가 허공으로 솟구치는 것을 보았다.

"아!"

소두괴는 자신도 모르게 탄성을 흘렸다.

사자검의 검은 기운을 뚫고 나온 붉은 기운은 또 다른 신검, 불의 검이 만들어낸 검기였다.

적풍은 불의 검으로 검기를 일으킨 후 망설이지 않고 적들을 향해 휘두르며 적진을 유린했다.

화르르!

적풍이 휘두르는 불의 검을 따라 뜨거운 불꽃이 일어났다. 그 불꽃은 너부러진 방책과 급히 세운 천막을 단번에 화염에 휩싸이게 만들었다.

기름을 붓지 않았는데도 적진은 마치 기름을 부은 듯 타올랐다.

잠시 후, 거짓말처럼 삽시간에 적진을 불태운 적풍이 유유히 말을 몰고 돌아왔다. 그러고는 홀로 남아 적풍을 기다리고 있는 소두괴에게 말했다.

"돌아가지."

"예? 예!"

소두괴는 마지막 순간에 보여준 적풍의 놀라운 모습에 정신을 잃고 있다가 급히 정신을 차리고는 말머리를 돌렸다.

적풍도 그런 소두괴의 뒤를 따라 아바르의 본진을 향해 천천히 말을 몰았다.

"성주님!"

아바르 본진으로 돌아가는 중 소두괴가 물었다.

"음."

적풍이 나직하게 대답했다.

"애초에 혼자서도 가능한 일이셨습니까?"

"방어선을 돌파하고 적진을 깨뜨리는 일이야 그렇지."

적풍이 대답했다.

"그런데 왜 돌격대를 구성하신 겁니까? 그것도 아바르 전사들까지 추려내서."

"그들에겐 좋은 기회니까. 제대로 된 신혈의 전사로 태어날."

"좋은 경험이기는 했으나 위험할 수도 있는 일이었습니다. 자칫 돌격대 중 죽은 자가 나왔다면……."

"어려운 싸움을 이겨내는 경험을 말한 것이 아니야."

적풍이 고개를 저으며 말했다.

"그럼… 무슨 기회를 주시려 한 겁니까?"

"전왕의 검이 만들어내는 기운에 자신들을 맡길 기회."

"아!"

그 순간 소두괴는 뭔가를 깨달은 듯 나직하게 탄성을 흘렸다.

"명계의 전장에서도 사자검의 기운을 경험한 신혈의 전사들은 하나같이 강한 전사로 거듭났지. 그대도 이미 경험했듯이."

"그렇지요. 맞습니다. 무공 이상의 그 무엇인가를 얻는 경험이었지요. 지금은 그 기운이 너무 익숙해 잊고 있지만."

"과거 무황께서 검은 사자들을 키워낼 때도 그분의 손에는 전왕의 검이 있었지. 전왕의 검이 가진 기운은 우리 신혈족에겐 축복 같은 것이란 걸 아마 그분도 알고 있었을 거야."

"그런 검을 성주께 남기신 거군요."

"그 점에 대해선 늘 고맙게 생각하고 있어. 물론 그렇다고 그 양반이 한 모든 행동을 인정하는 것은 아니지만. 어쨌든 전왕의 검은 애초에 이 신혈의 아바르에 있어야 했던 검이란 건 분명해. 그러니 이런 기회에 사자검의 기운으로 신혈의 잠력을 깨울 기회를 주는 것은 당연한 일이지. 사실 이런 전장에서야말로 사자검의 기운에 가장 잘 감응할 수 있으니까."

"그렇군요. 그런 뜻이 있으셨군요."

소두괴가 고개를 끄떡였다.

그러다가 문득 다시 물었다.

"마지막엔 왜 그러셨습니까? 이미 적진은 완전히 파괴되었는데……."

적풍이 돌격대를 돌려보낸 후 홀로 불의 검을 써서 적진을 불태운 일을 두고 한 말이다.

"경고 정도라고 해두지."

"경고라……. 경고가 될까요?"

"두 개의 신검을 모두 보여준 것은 큰 경고가 되지 않을까?"

"그러니까 적진을 불태운 것보다 신검의 존재를 깨닫게 하려고 했단 것이군요. 그렇다면야 큰 효과가 있겠지요."

소두괴가 대답했다.

"이 땅에 와서 이런 말들을 하는 것을 들었어. 신검은 오직 신검으로만 상대할 수 있다."

"저도 그런 말을 듣기는 했습니다. 하지만 결국 무황께서 오래된 그 격언을 깨뜨리셨지요."

"하지만 저들 중 그 양반 같은 사람은 없지 않겠나? 그러니 좋은 경고가 될 거야. 신검의 주인이 아닌 이상 이 싸움을 계속할 생각을 말라는 경고니까."

"그렇다고 물러갈까요?"

"만약 강 건너편에 그들이 있다면 그들이 오겠지."

"그들이라면… 설마 신검의 주인들도 여기 와 있을 거라 생각하시는 겁니까?"

소두괴가 놀란 표정으로 되물었다.

"반반. 애초에 저들이 모인 것은 아바르의 대원정에 대한 대비를 하기 위함이었어. 그렇다면 신검의 주인들이 회합을 가졌을 것이고, 그들이 각자의 성으로 돌아가지 않았다면······."

"그럼 정말 일이 커지겠군요."

"만약 그들이 나선다면··· 이 싸움으로 칠왕의 땅은 완전히 몰락할 수도 있어."

"공멸한다는 뜻인가요?"

"그 현월문의 수로라는 자가 전한 이야기··· 그 위험에 대한 대비를 전혀 할 수 없게 될 테니까."

"결국 현월문주에게 달렸군요."

"그렇지. 하지만··· 만약 그자가 신검의 주인들을 설득했다면 저들이 이런 공격을 했을까?"

"실패했다고 보시는 건가요?"

"좋지 않은 상황인 것은 분명하지."

적풍이 고개를 돌려 어둠이 찾아드는 아바르 강을 보며 말했다.

하룻밤이 지나는 동안 강변에선 크고 작은 변화가 일어났다.

가장 큰 변화는 적진을 쑥대밭으로 만든 돌격 이후 아바르의 전사들이 소리 없이 강변에서는 제대로 보이지도 않는 거리로 물러났다는 것이다.

물론 애초에 계획된 대로 움직인 것이지만, 생각보다 심각한 타격을 준 이후의 후퇴는 아바르 전사들에게 큰 아쉬움을 남기기도 했다.

이대로 진영을 더 단단히 구축하고 있으면 네 왕국 전사들의 상륙을 좀 더 오랫동안 제지할 수 있을 거란 아쉬움이다.

그러나 아침이 되고 강변의 상황을 살피고 돌아온 전사들의 전언이 전해졌을 때, 그들은 이 후퇴 결정이 얼마나 적절한 것이었는지 알 수 있었다.

네 왕국의 전사들은 하룻밤 새 자신들의 거점을 수배로 늘려놓았다. 그리고 그 일은 땅 위에서 일어난 것이 아니라 강 위에서 일어난 것이었다.

그들은 어둠을 틈타 강변으로부터 다섯 척의 전선이 떠 있는 곳까지 빼곡하게 뗏목을 밀어 넣었다.

덕분에 아침이 되었을 때는 큰 전선과 강변 사이가 뗏목으로 들어차 마치 육지처럼 이어져 있었다. 그렇게 강을 육지처럼 만든 네 왕국의 전사들은 이제 어떤 방해나 공격이 있더라도 강변에 상륙할 수 있는 힘이 생겼다.

그 힘은 그들의 숫자에서 나왔다. 수천의 전사들이 육지처럼 변한 뗏목 위를 일시에 건너올 경우 아바르의 전사 수백으로는 결코 그들을 막을 수 없을 것이 분명했다.

오히려 상륙한 기세 그대로 공격을 감행한다면 강과 가까이 있는 아바르 전사들이 단번에 포위될 수도 있었다.

그러니 적풍과 천일란이 전사들을 뒤로 물러나게 한 결정은 무척 적절한 것이었다.

더군다나 보이지 않는 곳으로 사라진 적에 대한 두려움은 네 왕국 전사들을 강변에서 쉽게 움직이지 못하게 했다. 그래서 그들은 일단 강변에 크고 단단한 진영을 세우기 시작했다.

이미 한 번 적풍과 그가 이끄는 돌격대에게 크게 당한 뒤라 네 왕국의 전사들은 적의 기마가 함부로 넘을 수 없을 만큼 단단하게 방책을 세우고 진영을 구축한 것이다.

그렇게 구축된 강변의 거점으로 네 왕국의 전사들이 일차적인 도하를 끝낸 것은 정오가 무렵이었다. 그리고 도하가 끝난 후에야 네 왕국의 수뇌들은 앞쪽으로 척후를 내보냈다.

"적들이 움직입니다."

적진을 살피고 있던 이위령과 타르두가 바람처럼 달려와 적풍에게 고했다.

"몇이나 움직였나?"

적풍이 물었다.

"대략 십여 개 무리로 나누어 사방으로 사람을 보냈습니다. 한 무리에 다섯 명의 전사가 포함된 것 같습니다."

"우리의 위치를 찾으려는 것 같습니다."

천일란이 적풍에게 말했다.

"황벽산으로 간 자들도 있을 것이오."

"그럼 삼황녀께 소식을 전해야겠군요."

"그게 좋을 것이오. 황벽산에 들어간 자들이 구원군의 움직임을 몰라야 할 테니까."

적풍이 대답했다.

"그렇지요."

천일란이 고개를 끄떡이고는 수하를 불러 황벽산에서 적을 공격하고 있을 삼황녀 적화우에게 소식을 전하라고 명했다.

수하가 떠나자 천일란이 다시 적풍에게 물었다.

"이젠 어떻게 저들을 막아야 합니까? 역시 앞서와 같이 적의 선봉을 돌파하는 방법을 쓸 생각이십니까?"

"그건 저들의 움직임을 보고 나서 결정해야 할 것이오. 저들이 어떤 방식으로 황벽산을 향해 전진하느냐에 따라 방법을 달리 해야 할 테니까."

"하긴 그렇군요."

천일란이 고개를 끄떡였다.

"한 군데 머물러선 안 되오. 앞으로 이틀을 모두 기마를 한 채 여러 장소를 옮겨 다녀야 하오. 적들을 혼란에 빠뜨리고 언제라도 공격할 수 있다는 걸 보여줘야 하니까."

"알겠습니다."

역시 천일란은 즉시 동의했다.

"이틀은… 잠을 자지 못한다고 생각해야 하오."

"그렇게 명하겠습니다."

천일란이 대답하고는 자리를 떠나 아바르 전사들이 있는 곳으로 향했다. 그러고는 큰 소리로 외쳤다.

"잘 들어라! 이틀 동안 말 등이 우리가 있을 곳이다! 말을 탄 채 끊임없이 움직여 적들을 혼란스럽게 한다! 잠잘 시간은 없다! 지금부터 일 차간을 준다! 마지막 휴식이다!"

"예, 성주!"

단번에 천일란의 말을 알아들은 아바르 전사들이 일제히 대답했다.

"일단 요기를 하시죠?"

소두괴가 적풍에게 마른 육포를 건넸다. 그러고 보니 어제부터 제대로 된 음식을 먹지 못한 적풍이다.

적풍이 말없이 소두괴에게서 육포를 건네받아 입에 넣었다. 구수한 고기 향이 입안을 가득 채우자 음식을 넘기지 않았는데도 배 속이 든든해지는 듯했다.

'오랜만이군, 이런 긴장감은.'

적풍이 느리게 육포를 씹으며 멀리 아바르 강변을 바라봤다. 이미 수천의 적이 건너와 강변을 그들의 깃발로 물들이고 있었다.

"그들이 왔을까요?"

말없이 육포를 씹고 있는 적풍에게 소두괴가 조심스레 물었다.

"신검의 주인들?"

"예."

"글쎄……."

적풍이 대답을 미루자 소두괴가 조금 목소리를 높여 타르두 노인에게 물었다.

"어르신, 혹시 저들 진영에 특별한 인물들은 없었습니까?"

"특별한 인물이라면 누굴 말하는 것이오?"

"예를 들자면… 신검의 주인이라거나."

"음, 그런 자를 보지는 못했는데……."

타르두가 고개를 갸웃했다. 그러자 타르두와 함께 정찰을 나갔다 돌아온 이위령이 말했다.

"설마 신검의 주인들이 왔을라고?"

"주군께서 두 개의 신검을 보여줬습니다. 신검을 상대할 자는 신검의 주인뿐이라는 이 세계의 격언을 생각하면 건너왔을 가능성이 크지요. 저들이 도하를 포기하지 않은 것을 보면."

"음, 그런가? 그럼 다시 한 번 가볼까?"

이위령이 호기심을 드러내자 적풍이 손을 저으며 말했다.

"갈 필요 없어."

"하지만 그들의 존재 유무를 파악하는 것은 무척 중요한 일 아닙니까?"

"왔다면 스스로 모습을 보이겠지. 군이 확인하기 위해 위험을 감수할 필요는 없어."

적풍의 단호한 말에 이위령이 아쉬움이 남는지 입맛을 다셨다. 그러다가 문득 고개를 귀를 쫑긋하더니 이번에는 동쪽으로 시선을 돌리며 말했다.

"누가 오는데요?"

이위령의 청력은 신혈을 피를 가진 십자성의 고수 중에서도 무척 특별했다.

가끔은 듣지 말아야 할 것도 듣게 되는 불편함이 있지만 이런 광활한 초원에서는 십 리 밖의 소리까지 들을 때가 있었다.

"방향이 어디죠?"

소두괴가 물었다.

그러자 이위령이 자리에서 일어나며 동쪽을 향해 손을 들었다.

"동쪽이라면… 구원대가 더 오는 건가?"

소두괴가 기대를 담은 표정으로 중얼거렸다.

그런데 소두괴의 말이 끝나기가 무섭게 멀리서 다섯 줄기의 먼지가 길게 일어나더니 그 먼지구름 앞쪽으로 다섯 명의 사내가 나타났다.

"에이, 구원대는 아니군. 전갈을 가지고 오는 사람들인 것 같습니다."

이위령이 묻지도 않은 적풍에게 실망스러운 말을 해댔다.

하지만 적풍은 그 말을 듣고도 묵묵히 육포를 우물거릴 뿐 별 관심을 보이지 않았다.

그러는 사이 동쪽에 나타난 인물들이 질풍처럼 달려와 아바르의 진영에 이르렀다. 그러자 반가운 얼굴이 모습을 드러냈다.

구룡이었다.

"여! 오랜만이야!"

십자성의 고수들이 일제히 일어나 구룡을 맞았다. 가장 앞으로 나와 그를 반기는 것은 역시 이위령이었다.

"모두 잘들 계셨죠?"

구룡이 훌쩍 말에서 뛰어내리며 물었다.

"우리야 뭐… 엊그제도 한판 했지."

이위령이 즐거운 표정으로 말했다.

"오면서 들었습니다. 그래서 아쉬웠지요. 저도 있었어야 하는 건데……"

"또 기회가 있겠지. 그런데 어쩐 일이야? 그쪽에 무슨 문제라도 생겼나? 자네가 직접 오게."

"성주님을 뵙고 말씀드리지요."

"아, 그렇군. 가세."

이위령이 재빨리 구룡을 적풍이 있는 곳으로 데리고 갔다.

적풍 옆에는 어느새 천일란이 다가와 있었다. 그녀 역시 구룡이 황벽산에서 가져온 소식이 궁금한 모양이다. 황벽산의 전세에 따라 이곳에서의 대응이 달라진다.

"어서 와. 수고했어."

적풍이 담담한 표정으로 구룡을 맞았다.

"두 분 성주님을 뵙습니다."

구룡이 정중하게 적풍과 천일란에게 인사를 했다. 그러자 적풍이 손을 들어 구룡의 인사에 반응하고 다시 물었다.

"문제가 생겼나?"

"그건 아닙니다. 단지 직접 전해야 할 소식이 있어서 왔습니다."

"무슨 소식인가?"

이번에는 천일란이 물었다.

"무황께서 황벽산 근방까지 오셨습니다."

"아! 무황께서?"

천일란의 얼굴에 안도의 표정이 드리워졌다. 무황이 등장했다면 이 싸움은 더 이상 걱정하지 않아도 될 것이다. 또한 굳이 이곳에서 적들의 진격을 막을 이유도 없었다.

무황이라면 도강한 네 왕국의 전사 전체와 전면전을 벌여도 충분히 승산이 있다고 생각하는 천일란이다.

하지만 적풍은 신중했다.

"거리는?"

"이틀에서 삼 일 거립니다."

"황벽산 상황은?"

"삼황녀께선 무황께서 도착하시기 전 성과를 얻고 싶으신 듯했습니다만……."

"전황의 어떤가?"

"하루 이틀이면 제압될 듯합니다."

"음, 나쁘지 않군."

적풍이 고개를 끄떡였다.

그러자 곁에서 듣고 있던 소두괴가 말했다.

"하지만 그렇다면 여전히 시간이 필요한 것 아닙니까? 저들의 전진을 늦춰야 한다는 점에서 변한 것은 없을 텐데요."

무황이 황벽산에 도착하는 시간 동안 강변에 상륙한 네 왕국의 전사들이 황벽산으로 이동하는 것을 막아야 한다는 뜻이다.

"우린 계획대로 움직이면 돼. 단지 저들과의 접전은 철저히 피한다. 싸울 이유가 없어. 계획보다 일찍 황벽산으로 물러난다 해도 하루는 충분히 늦출 수 있으니까. 그리고 아바르의 제왕이 도착했다는 걸 저들이 아는 순간 진격을 멈추거나 혹은 퇴각할 수도 있다."

"황벽산에 고립된 동료들을 그냥 두고요?"

이위령이 의아한 표정으로 물었다.

"그들을 구하자고 전체가 위험해지는 상황을 감수하지는 않을 거야."

적풍이 확신하듯 말했다.

"왜 그렇게 생각하세요? 수백이나 되는 동료인데."

그러자 적풍이 슬쩍 천일란을 바라본 후 진지한 표정으로 대답했다.

"그동안 내가 상대한 이 땅의 사람들에 대한 경험이라고 말해두지."

적풍이 그 말을 하고는 자리를 털고 일어났다. 그러자 천일란이 급히 물었다.

"그럼 당장은 역시 계획대로……?"

"그럽시다."

적풍이 대답했다.

적풍이 이끄는 십자성의 고수들과 천일란이 지휘하는 아바르의 전사들은 그날 정오부터 말 위에서 지내기 시작했다. 그들은 강변에 상륙한 네 왕국의 전사들 주변을 끊임없이 이동하며 말 위에서 밥을 먹고 말 위에서 휴식을 취했다.

그러다가는 보이지 않는 곳으로 훌쩍 사라졌다가 한두 차간 후에는 바람을 타고 날아온 것처럼 불쑥 모습을 드러내곤 했다.

그들의 그런 혼란스러운 움직임이 네 왕국 전사들의 발목을 잡았다. 네 왕국의 전사들은 언제 어느 때 적의 공격이 있을지 몰라 쉽사리 황벽산을 향해 전진하지 못했다.

그사이 사방으로 보낸 척후가 돌아오고, 그중에는 황벽산으로 간 척후도 포함되어 있어 황벽산에 고립된 동료들의 위급함도 전해졌다.

그렇게 되자 그들은 더 이상 자신들의 진영에 머물 수만은 없게 되었다.

그리하여 그들이 선택한 것은 결국 느리고 완벽한 전진이었다.

"무식하지만 정말 가장 확실한 방법이군요."

멀리서 네 왕국의 전사들 움직임을 지켜보고 있던 소두괴가 말했다.

"우리야 나쁠 것 없지."

적풍이 대답했다.

네 왕국의 전사들은 일백여 명씩 한 무리로 뭉쳐서 전진하고 있었다. 한 무리가 일백 보를 전진하며 그 뒤를 다른 무리가 다시 일백 보를 전진하는 방법으로 그들은 한 치의 빈틈도 없이 진형을 유지하며 전진했다.

이런 식으로 전진하면 기습을 받는다 해도 피해를 최소화할 수 있고, 공격해 온 자들을 포위할 시간을 벌 수 있어서 누구든 함부로 그들을 공격할 수 없었다.

대신 일거에 황벽산을 향해 말을 몰아가는 것보다는 훨씬 전진 속도가 느렸다.

아마도 그들에게 말을 탄 기마 전사의 숫자가 적은 것도 이런 전진 방식을 택한 한 이유일 수도 있었다.

평소에는 말 위에서 싸우는 것이 보통인 그들이지만 뗏목을 만들어 도하를 하는 상황에서 전마를 많이 데리고 올 순 없었던 것이다.

"이틀 정도 걸릴까?"

이위령이 소두괴에게 물었다.

"아마도 그쯤 걸릴 겁니다."

"그럼 뭐 우린 더 이상 할 일이 없네."

이위령의 말에 구룡이 끼어들었다.

"그래도 늦출 수 있을 만큼 늦춰야죠."

"저런 식으로 전진하는 적들을 막을 방법은 없어. 그게 대병을 가진 자들의 장점이지. 막기 위해선 죽음을 각오하고 적진에 뛰어들어야 하는데 그럴 상황은 아니잖나?"

"활이라도 쏘아야죠."

구룡은 어떻게 해서든 네 왕국 전사들의 전진을 조금이라도 늦추고 싶은 모양이다.

"화살도 얼마 남지 않아서 위협하는 정도의 용도로 쓰기에는 아깝지."

이번에는 소두괴가 말했다.

"그럼 이대로 구경만 하는 건가요?"

"그래도 이 대치에서 성공한 건 우리야. 삼 일 정도 시간을 벌어주었으니 우리가 할 수 있는 일은 다한 거라고. 이후의 일이야 우리 몫이 아닌 거고. 이보게, 구룡."

소두괴가 진지한 표정으로 구룡을 불렀다.

"예, 대협."

구룡이 공손하게 대답했다.

"우리 신혈족의 전사들이 가장 경계해야 하는 것이 뭔 줄

아나?"

"글쎄요……."

구룡이 가르침을 구하는 표정으로 소두괴를 바라봤다.

"바로 신혈의 기운 그 자체이네."

"무슨 말씀이신지……?"

"자네나 나나 모두 신혈의 피를 가지고 있지. 그런데 이 피는 일단 싸움이 시작되면 두려움을 잊고 온전히 싸움 그 자체를 갈구하게 되네. 그게 지나치게 되면 앞뒤 사정 고려하지 않고 싸움에 몰두하지. 그건 전사로서는 좋을지 몰라도 큰 전쟁을 이끄는 우두머리에게는 반드시 경계해야 할 일이네. 그런 면에서 자넨 특히 자제할 필요가 있어."

소두괴의 말에 구룡이 되물었다.

"그 말씀은 다른 사람들에 비해 제가 싸움에 대한 충동이 강하다는 뜻인가요?"

"그런 말이 아닐세."

"하면……?"

"자넨 한 명의 전사로서 살 사람이 아니기 때문이지."

소두괴의 말에 구룡이 놀란 표정으로 소두괴를 바라봤다.

"이 땅에 온 이후 내가 본 젊은이 중에 자네가 가장 무리의 우두머리에 어울리는 성정을 가지고 있네. 총명하고 용기가 있으며 또한 사람들의 신뢰를 얻을 수 있는 진중함도 가지고 있지. 그러니 신혈의 투기만 잘 제어하면 좋은 지도자가 될 걸세."

"하지만……."

구룡이 무슨 말인가를 하려는데 적풍이 불쑥 두 사람의 대화에 끼어들며 구룡의 말을 막았다.

"구룡, 지금 소두괴가 한 충고를 마음속에 잘 새겨두거라."

"성주님!"

"나 역시 같은 생각이다."

"하지만 전 십자성의 일원으로 살아갈 겁니다."

"알고 있다. 그리고 나도 널 영원한 십자성의 식구로 생각한다. 그러나 언젠가는……."

적풍이 말꼬리를 흐렸다. 그러자 구룡이 다음 말을 기다리며 적풍을 바라봤다.

"이 이야기는 나중에 하자. 일단 이동할 시간이다."

말을 한 적풍이 천일란을 바라봤다.

그러자 천일란이 고개를 끄떡이고는 앞으로 달려 나가며 소리쳤다.

"사선으로 십 마르 후퇴한다!"

천일란의 명이 떨어지자 아바르의 전사들이 서북쪽 방향을 향해 말을 몰기 시작했다.

기이한 대치가 이어졌다.

단 한 번의 싸움도 없는 대치, 그럼에도 팽팽한 긴장감이 양쪽 진영에 흐르고 있었다.

적풍과 천일란은 한 시진 간격으로 끊임없이 아바르 전사들을 이동시켰다.

어느 때는 이삼백 보 앞까지 네 왕국의 전사들을 압박했다가, 그들이 걸음을 멈추고 싸울 태세를 갖추면 허무하게 뒤로 물러났다.

그러다가도 아예 떠나가 버린 듯 적의 시야에서 사라졌다가 또 불쑥 그들 앞에 나타나기도 해서 네 왕국의 전사들을 혼란에 빠뜨렸다.

하지만 그럼에도 불구하고 네 왕국의 전사들은 꾸준히 전진했다.

앞선 자들이 지치면 다른 무리가 앞으로 나와 길을 열었고, 뒤로 물러난 자들은 후방으로 돌아가 휴식을 취하는 식이다.

그래서 속도는 느렸지만 꾸준히 황벽산을 향해 진격했고, 드디어 이틀이 지났을 때 그들의 시야에 황벽산의 봉우리들이 보이기 시작했다.

그리고 그 지점에서 그들은 큰 싸움을 준비하기 시작했다.

겹치듯 쌓여가는 전사들, 전마를 이끌고 도착한 기병들, 그리고 수많은 깃발을 휘날리며 전장에 도착한 네 왕국의 수뇌들까지. 갑자기 황벽산 근방 초원이 네 왕국의 전사들로 가득 찼다.

황벽산에서는 여전히 싸움이 진행되고 있었는데, 적화우는 적의 본진이 도착한 것을 알고도 공격을 멈추지 않았다.

물론 황벽산에 고립되어 있던 네 왕국의 전사들 역시 자신들의 본진이 도착했다는 것을 알게 되자 더욱 극렬하게 삼황녀 적화우에게 저항했다.

황벽산의 격전 소리가 적풍과 천일란이 이끄는 아바르 전사들에게까지 전해질 정도여서 네 왕국의 전사들이 황벽산으로의 진격을 서두는 것은 당연한 수순이었다.

"아직이신가?"

천일란이 황벽산 남동쪽을 응시하며 중얼거렸다.

무황 적황을 기다리는 것이다. 황벽산이 보인다고는 해도 여전히 황벽산과 네 왕국 본진과의 거리는 반나절. 그리 가까운 거리는 아니었지만 그렇다고 여유가 있는 것도 아니었다.

무황의 도착이 늦어지면 자칫 모든 일이 엉클어질 수도 있었다.

"저들이 움직일 것 같습니다."

천일란의 수하 중 한 명이 걱정스러운 표정으로 말했다.

처음으로 네 왕국의 전사들 중 말을 탄 기병들이 앞에 섰다. 황벽산으로 일거에 진격하기 위한 준비가 분명했다.

"어찌할까요?"

천일란이 적풍에게 물었다.

"저들의 전진을 더 이상 막을 수는 없소. 할 수 있는 일이라고는 아껴둔 화살을 쏘는 정도."

"다시 한 번 돌파하는 것은 어떨까요?"

"어렵소. 이미 대책을 세우고 있을 거요."

"하지만 이대로 저들이 황벽산에 도달하면 삼황녀께서 위험해지실 수 있습니다."

"그건 황녀의 선택이오. 저들의 본진이 접근했을 때도 고집을 부리고 물러나지 않는다면 그 결과도 책임져야 할 것이오. 물론 난 황녀께서 그리 무모하다고는 생각지 않소만."

적풍의 말에 천일란이 걱정스러운 표정으로 황벽산을 바라 봤다.

뿌우우!

그때 네 왕국의 진영에서 뿔피리 소리가 길게 퍼져 나왔다. 그러자 가장 앞으로 나선 기병들이 열을 맞춰 돌격할 준비를 시작했다.

"이젠 남겨둔 화살이라도 날리죠?"

소두괴가 적풍을 보며 말했다.

그러자 적풍이 천일란에게 말했다.

"이번에 모든 화살을 써야 할 것 같소."

"알겠습니다."

천일란이 무거운 얼굴로 말했다.

그러자 적풍이 다시 말했다.

"이곳에서 출발해 적의 백 보 앞까지 전진해 화살을 모두 쏟 아부은 후 사선으로 후퇴할 것이오. 추격해 온다면 좋고 추격 하지 않고 황벽산을 향해 간다면 어쩔 수 없는 일이오."

적풍의 말에 천일란이 고개를 끄떡였다.

그러자 적풍이 십자성의 고수들을 보며 말했다.

"시작한다."

적풍의 명에 십자성의 고수들이 적진을 향해 돌격할 대형을 갖추기 시작했다.

그들의 뒤쪽으로 천일란이 이끄는 아바르의 오백 전사도 적 을 공격할 대형을 갖추기 시작했다.

그런데 그들이 막 말을 몰아 적진으로 향하려는 순간, 남쪽 초원 끝에서 지진이 난 듯한 소리가 은은히 퍼져오기 시작했다.

"잠깐, 잠깐 기다리시죠."

신기와 같은 청력을 가진 이위령이 급히 적풍을 제지했다.

"무슨 일인가?"

"도착하신 듯합니다."

이위령의 말에 적풍이 고개를 돌려 남쪽을 바라봤다. 그러자 그의 눈에 소리보다 초원에서 일어나는 먼지구름이 보였다.

"왔군."

적풍이 내심 한숨을 내쉬며 중얼거렸다.

그리고 그 순간 그는 이 싸움에서 자신과 십자성의 고수들이 더 이상 위험을 감수하지 않아도 된다는 것을 깨달았다.

먼지는 구름이 되어 하늘로 날아올랐고, 그 아래로 수를 헤아릴 수 없는 기마 전사들이 적풍이 있는 곳을 향해 질주해 오고 있었다.

제7장
절대자들

"일대 정렬!"

"이대 정렬!"

"삼대 정렬!"

일천에 이르는 기마 전사들이 백 명이 안 되는 것처럼 일사불란하게 초원에 정렬했다.

세 개의 무리로 나뉜 기마 전사들의 정렬이 끝나자 이번에는 마치 만 명의 전사들이 늘어선 것처럼 강력한 위압감을 드러냈다.

그리고 그들 앞에 일백 명의 중년 전사들에게 둘러싸인 단우하가 나타났다.

"감히 신혈의 아바르를 침범한 자들이 누구냐?"

단우하의 입에서 노성이 흘러나왔다. 그러자 그 나직하게 느껴지던 단우하의 목소리가 땅을 스치듯 초원을 퍼져 나가더니 한순간 파도가 덮치듯 네 왕국의 전사들을 덮쳤다.

순간 황벽산을 향해 돌진할 준비를 하던 네 왕국의 전사들이 갈대 흔들리듯 휘청거렸다.

그리고 자연스레 그들의 전진이 멈춰졌다.

단우하가 왔다는 것은 단순히 일천의 구원대가 왔다는 의미를 넘어선다.

그가 왔다는 것은 아바르의 무황이 근방까지 진출했다는 것을 뜻한다. 아바르의 제왕 무황 적황. 그 이름은 이 땅에서 신령스러운 혈통을 이어받았다고 자부하는 칠왕의 후예들조차도 두려움에 떨게 만드는 것이다.

일단 무황의 존재가 확인된 이상 그들이 할 수 있는 일은 거의 없었다.

황벽산의 상황이 아무리 위태롭다고 해도 네 왕국의 전사들은 동료들을 구하러 황벽산으로 전진할 수 없었다.

오히려 그들은 진영을 얼마간 뒤로 물리며 단우하가 이끄는 아바르 기마 전사들의 돌격에 대비하는 모습을 보였다.

물론 단우하도 즉시 적을 공격하지는 않았다.

그가 이끄는 기마 전사들이 전장의 상황을 단번에 변화시켰지만, 그렇다고 일천의 전사로 수천에 이르는 네 왕국의 전사들을 공격할 수는 없었다.

단우하로서는 적의 전진을 막아 무황이 황벽산 인근에 완전히 도착할 때까지 시간을 벌면 만족할 만한 결과이다.

그리고 상황은 그의 의도대로 전개됐다.

양쪽의 대치가 길어질수록 네 왕국 전사들의 전의가 사그라져 갔다. 황벽산에서는 여전히 치열한 싸움 소리가 들려오고 있었지만 네 왕국의 전사들은 그 소리를 듣고 있을 뿐 어떤 행동도 취하지 못했다.

그렇게 네 왕국 전사들의 발목을 묶는 데 성공한 단우하가 말을 몰아 적풍과 천일란이 있는 곳으로 달려왔다.

"사황자님!"

단우하가 반가운 표정으로 적풍에게 인사를 건넸다. 그러자 적풍도 말 위에서 마주 고개를 숙여 단우하를 맞았다.

"어서 오시오. 때맞춰 잘 와주셨소."

"어서 오세요, 어르신!"

천일란도 기쁜 표정으로 단우하를 맞았다.

"두 분께서 수고가 많으셨습니다. 이 인원으로 저들을 삼 일 동안이나 막았다니 정말 대단들 하십니다."

단우하가 진심으로 감탄한 듯 말했다. 그러자 천일란이 고개를 저으며 대답했다.

"제가 한 일은 없습니다. 이 모든 건 사황자께서 주도하신 일이지요."

천일란의 말에 진심이 묻어났다.

"모두가 용기를 내어 저들을 상대했기 때문에 가능한 일이었소. 한 사람의 힘으로 할 수 있는 일이 아니지요."

겸손함과는 거리가 먼 적풍이어서 오히려 더 진심이 느껴지는 말이다.

"아무튼 아바르의 일에 관여해 주시니 정말 고맙고 반가운 일입니다."

"상황이 어쩔 수 없어서 한 일이오. 그리고 이제 무황께서 오셨으니 난 이쯤에서 뒤로 물러나겠소."

"사황자께서 이 전장을 이끌어주시면 필승의 기세를 이어갈 수 있을 것입니다만……."

천일란이 아쉬운 표정으로 말했다. 그러자 적풍이 신중한 표정으로 대답했다.

"이런 싸움이 일어난 것은 불행한 일이지만 한편으로 생각하면 이 싸움은 아바르에 큰 도움이 될 수도 있는 싸움이오."

"어떤 의미로 하신 말씀인지……?"

적풍이 워낙 진지하게 말하자 천일란이 그 의미를 되물었다.

"누구나 알고 있고 또 걱정하듯이 현재 아바르의 가장 큰 약점은 젊은 전사들의 나약함이었소. 그 나약함은 실전의 부족에서 기인한 것인데 그들에게 이런 싸움은 아주 중요한 경험이 될 것이오. 당장 천 성주께서 이끄는 푸른호수 성의 전사들만 해도 요 며칠간의 경험으로 과거와는 전혀 다른 전사들로 변하지 않았소?"

적풍의 말에 천일란이 고개를 끄떡였다.

"정말 그렇습니다. 많이 변했지요."

"그렇게 젊은 전사들이 신혈의 투기를 깨닫게 되는 것이 가장 큰 이득이고, 두 번째 이득은 아직은 부각된 사람이 없지만 이 싸움을 통해 젊은 영웅이 등장하면 그 또한 아바르에는 큰 행운이 될 것이오. 현재 아바르의 영웅들은 대부분 과거의 검은 사자들 아니오? 그들이 아바르의 미래를 책임질 수는 없소."

적풍의 말에 천일란은 물론 단우하도 진지한 표정으로 고개를 끄떡였다.

"꼭 싸움을 회피할 것만은 아니군요."

단우하가 말했다.

"그 결정은 무황께서 하실 일이오. 아무튼 이런저런 이유로 난 이 싸움에 물러나겠다는 것이오. 내가 사람들의 관심을 받는 것보다 젊은 누군가가 영웅이 되어야 하지 않겠소? 더군다나 난 사람들 입에 오르내리는 것을 원치 않고… 대신……"

"말씀하십시오."

단우하가 말했다.

그러자 적풍이 시선을 돌려 구룡을 불렀다.

"구룡!"

"예, 성주!"

구룡이 대답과 함께 달려왔다.

"이제 난 이 싸움에서 물러나 있으려 한다. 하지만 자넨 단노사 곁에서 싸워라. 석불성의 전사들과 함께."

"하지만 성주님!"

구룡이 불만스러운 표정으로 무슨 말을 하려는데 적풍이 손을 들어 구룡의 말을 막았다.

"말했지만 그대가 무슨 일을 하든, 어디에서 싸우든 그대는 십자성의 사람이다. 다만 십자성은 자유로운 곳이다. 성 밖에 있는 과거와 현재의 인연을 위해, 혹은 미래의 사람들을 위해 자유롭게 싸울 수 있다. 단, 십자성의 안위에 해를 끼치지 않는 한도에서 말이다. 그대에게 아바르는 나의 아바르와 다르지 않은가?"

적풍의 말에 구룡이 묵묵히 고개를 끄떡였다.

틀린 말이 아니었다. 그가 비록 진심으로 적풍을 주군으로 생각하고 있다고 해도 그의 뿌리는 아바르다. 그리고 그 뿌리를 외면할 수 없는 구룡이다.

"가서 싸워라. 십자성을 대표하는 아바르의 전사로서 전력을 다하라."

"알겠습니다, 주군!"

구룡이 성주라는 말 대신 주군이라는 말로써 적풍에 대한 충성심을 드러내며 대답했다.

"우린 뒤로 물러난다."

적풍이 구룡을 따르는 전사들을 제외한 십자성의 고수들을 보며 말했다. 그러자 십자성의 고수들이 일제히 적풍의 곁으로 모여들었다.

"무운을 빌겠소."

적풍이 물러나기 전 천일란을 보며 말했다.

"함께 싸울 수 있어서 영광이었습니다."

천일란이 정중하게 대답했다.

이제 두 사람 사이에 과거의 불편한 감정은 없는 듯 보였다. 천일란은 진심으로 적풍을 존중하는 듯했고, 적풍 역시 천일란이 보여준 아바르의 전사로서의 성품과 용기를 인정하고 있었다.

"노사, 구룡을 잘 부탁하겠소."

적풍이 이번에는 단우하에게 말했다.

"알겠습니다. 걱정 마십시오."

단우하가 미소와 함께 대답했다.

"구룡은… 아바르에 정말 중요한 사람이 될 것이오."

적풍이 조금 떨어진 곳에서 자신이 이끌 아바르 전사들을 살피고 있는 구룡을 보며 나직하게 말했다.

"저 아이의 재능은 충분히 알고 있습니다."

단우하가 대답했다.

"내가 말하는 것은 재능 그 이상의 것이오."

"……?"

단우하가 적풍의 말하는 의미를 알지 못하겠다는 듯 적풍을 바라봤다.

그러자 적풍이 흘려보내는 말처럼 중얼거렸다.

"좀 전에 들었소. 무황께서 당신의 후계자가 될 수 있는 기회를 모든 전사들에게 열어놓았다는 것을."

"설마 황자께서는……?"

단우하가 놀란 표정으로 적풍과 구룡을 번갈아 바라봤다.

"확신은 없소. 그러나 기회를 얻을 만한 자질을 가졌다고 생각하오."

"아! 그러나……"

"또 혈통 이야기를 할 생각이면 그만둡시다."

적풍이 손을 저었다. 그러자 단우하가 입을 닫은 채 잠시 당황한 표정을 짓다가 결국 수긍하듯 대답했다.

"신중하게 지켜보겠습니다."

"고맙소."

적풍이 대답하고는 십자성의 고수들에게 명했다.

"모두 말에 올라라. 타르두 노인과 이위령은 앞서 나가 전장을 살피며 머물 수 있는 장소를 찾으라."

"예, 성주!"

노인 타르두와 이위령이 대답하고는 바람처럼 황벽산 방면으로 말을 달려 나갔다.

"가자!"

두 사람을 앞서 보낸 적풍이 십자성의 고수들을 데리고 아바르 전사들의 진영에서 멀어졌다.

그 모습을 보고 있던 천일란이 나직하게 중얼거렸다.

"사황자님은 진심으로 아바르의 제왕이 될 생각이 없으신 모양입니다. 황자께서 십자성을 세운다고 하실 때는 일말의 의구심을 가지고 있었는데……."

"허튼 말을 하실 분은 아니오. 그리고 어쩌면… 무황님과 황자님의 생각이 옳은 것일 수도 있소."

"하지만 무황님의 혈통으로 후계자를 세우지 않으면 신혈의 아바르는 언제나 권력 쟁투의 혼란스러운 길을 가야 할지도 모르지 않습니까?"

천일란이 되물었다.

"물론 그럴 수도 있소. 하지만 대신 언제나 강력한 전사들이 탄생하게 될 것이오. 검의 양날처럼 어떤 게 아바르에 좋은 결과를 가져올지는 사실 아무도 모르오. 하지만 최소한 당대에는 무황님의 결정이 맞는 것 같소."

"역시 다른 황자, 황녀님으로는 부족하단 뜻이군요."

"그렇소. 사황자께서 나서신다면 좋겠지만… 본래 일, 이황자 두 분에게도 기회는 충분히 있었소. 하지만 이번에 스스로 찾아온 기회들을 잃고 말았소. 무황님에 앞서 삼황녀님을 구원하러 달려왔으면 좋았을 것을……."

"그렇군요. 이 땅에서 동족의 위급함을 보고도 몸을 사리는 것은 금기에 가까운 행동이지요. 저도 그것을 우려하고 있었습니다."

"결국은 스스로 그릇이 아님을 증명한 것이라고 할까."

"후우, 부디 이 결정이 좋은 결과로 이어지기를 바랄 뿐입니다."

천일란이 한숨을 쉬며 말했다.

"자, 일단 방어선을 단단히 합시다. 무황께서 황벽산의 일을 정리할 때까지는 저들의 발을 묶어야 할 것이오."

단우하가 뒤로 물러난 칠왕의 전사들을 보며 말했다.

*   *   *

금빛으로 수놓은 사자 문양이 눈부신 검은 깃발 수십 개가 바람에 휘날렸다.

그 뒤로 각양각색의 깃발이 뒤따르고 있었는데, 아바르의 사람이라면 그 깃발이 신혈의 아바르를 구성하고 있는 각 성의 깃발임을 누구나 알고 있었다.

그리고 그 깃발들을 한 자리에 모을 수 있는 사람은 오직 한 사람뿐이라는 것도 알고 있었다.

무황 적황이 드디어 황벽산에 도착했다.

석림, 천인총, 오손, 바람의 왕국 등 네 왕국의 본진은 여전히 단우하와 천일란이 이끄는 아바르 전사들에 의해 발이 묶여 있었다.

그 와중에 무황 적황이 황벽산에 도착하자 황벽산의 싸움은 금세 그 결과가 결정지어졌다.

"와아아!"

황벽산에서 커다란 함성이 터져 나왔다. 그리고 그 중턱에 삼황녀 적화우를 상징하는 하미성의 깃발이 펄럭이고 있었다.

"끝났군요."

턱을 괸 채 황벽산과 초원의 전황을 살펴보던 소두괴가 말했다.

황벽산 중턱에 걸린 적화우의 깃발은 그녀가 황벽산에 들어간 네 왕국의 전사들을 제압했다는 의미이다.

둥둥둥!

전사들의 함성에 이어 커다란 북소리가 초원을 가로질렀다. 직후 동남쪽에서 나타나는 무황 적황의 본대에서 일단의 사람들이 떨어져 나와 황벽산으로 이동하기 시작했다.

그 무리의 가장 선두에는 무황 적황의 깃발이 세워져 있었다.

"무황께서 황벽산으로 움직이십니다!"

이위령은 적풍을 보며 소리쳤다. 물론 적풍 역시 무황의 깃발이 움직이는 것을 보고 있었다.

"가서 뵈어야 하지 않을까요?"

소두괴가 옆에서 조심스럽게 물었다. 그러자 적풍이 고개를 저었다.

"나중에."

"서운해하실 겁니다."

"지금 내가 가면 오히려 곤란해질 거야."

"무슨 뜻입니까?"

"전쟁에서 승리한 자들은 자신들만의 기쁨을 만끽하길 원하지."

"삼황녀님을 배려하시는 거군요."

"그것도 그렇고, 지금 만나면 귀찮을 일을 맡을 수도 있어서."

적풍의 말에 소두괴가 고개를 끄떡이다가 문득 생각난 듯 질문했다.

"무황께서는 어떤 결정을 내리실까요?"

"뭘 말인가?"

"강을 건너온 네 왕국의 본진에 대해서 말입니다. 언제까지 대치하고 있을 수는 없지 않습니까?"

"글쎄……."

적풍도 예측할 수 없다는 듯 말꼬리를 흐렸다. 그러자 뒤쪽에서 그들의 대화를 듣고 있던 유리사가 말했다.

"아마도 적을 공격하실 겁니다."

유리사는 오랫동안 삼황녀 적화우를 따랐기 때문에 적씨 일가의 성품에 대해 누구보다 잘 알고 있었다.

그녀는 구룡이 아바르의 일원으로서 전장에 남을 때에도 함께 남지 않고 이 싸움에서 뒤로 물러나는 쪽을 선택했다.

이유는 간단했다. 비록 그녀가 적풍과 함께 삼황녀 적화우를 구하기 위해 달려왔지만 여전히 전 주군인 적화우와 마주하는 것이 불편했기 때문이다.

또한 그녀는 구룡과 달리 완전히 십자성의 사람이 되기를 원하고 있었다. 물론 그 이유 역시 그녀의 전 주군 적화우 때문이다.

"그렇게 생각하나?"

적풍이 되물었다.

"아바르의 철칙이자 피할 수 없는 선택이지요. 과거부터 그랬습니다. 공격을 받으면 반드시 돌려준다. 이 전통을 만든 분이 바로 무황이시니까요."

"그럼 싸움이 너무 커지는데……."

소두괴가 걱정스러운 표정으로 중얼거렸다.

"그건 어쩔 수 없는 일이지요. 저들이 아바르 강을 건너는 순간 이미 정해진 수순이니까요. 아마도… 저들 중 살아가는 자가 그리 많지 않을 겁니다."

유리사가 고개를 들어 먼 곳에 진영을 구축하고 있는 네 왕국의 본진을 보며 말했다.

유리사의 말에 십자성 고수들이 무거운 시선으로 황벽산 서쪽에 늘어선 수천 명의 전사들을 바라봤다.

소식이 전해진 것은 오후 늦게였다. 구룡은 황벽산의 전황을 한 명의 전사를 보내 소상하게 전해왔다.

황벽산에 고립되어 있던 오손 등 네 왕국의 전사들 삼분지

이가 전사했고, 그들의 우두머리 네 사람은 적화우에게 사로잡혔다.

그들은 무황이 나타나는 순간 전의를 잃고 순순히 검을 버리고 항복했다고 한다.

아마도 남은 수하들의 목숨이라도 건지기 위한 마지막 선택이었으리라.

그리고 그날은 더 이상 아무 일도 벌어지지 않았다.

네 왕국의 본진에서도 사로잡힌 동료들을 구출하기 위해 도전해 오지 않았고, 무황 역시 그날은 더 이상 아바르 전사들을 움직이지 않았다.

아니, 정확하게 말하자면 그렇게 보였다.

그러나 그날 밤이 지나고 아침이 찾아왔을 때 사람들은 무황 적황이 그날 밤을 그냥 의미 없이 보내지 않았다는 것을 자신들의 눈으로 확인할 수 있었다.

특히 오손 등 네 왕국의 본진에 있던 칠왕의 전사들은 그야말로 혼비백산할 수밖에 없었다.

왜냐하면 하룻밤 사이에 그들의 퇴로가 끊겼기 때문이다.

네 왕국의 퇴로라면 당연히 서쪽으로 이어지는 아바르 강변이다. 그곳에는 여전히 그들을 아바르 강 동쪽으로 실어 나른 전선과 뗏목들이 있었고, 일부의 전사들이 남아 배와 뗏목을 지키고 있었다.

그런데 하룻밤 사이에 그들과 황벽산 인근에 진을 친 본진 사이에 아바르의 전사들이 들어와 있었다.

숫자는 대략 일천 이상. 그 정도 숫자라면 능히 네 왕국 전사들이 강변으로 퇴각하는 것을 방해할 수 있었다.

그렇게 적의 후방을 차단한 무황 적황은 이른 아침부터 아바르의 전사들을 끌어모으기 시작했다.

"정말 무서운 분이시군요."

소두괴가 아바르 전사들의 움직임을 보며 혀를 내둘렀다.

"그러게 말이야. 아예 끝장을 보시려는 모양이야."

퇴로를 끊었다는 것은 적에게 도주의 기회조차 주지 않고 전멸시키겠다는 의지를 보인 것이나 마찬가지였다.

보통의 경우라면 퇴로를 열어주고 적을 공격하는 것이 전법에 맞을 것이다. 퇴로를 차단당한 적은 배수진을 치는 필사의 마음으로 반격을 가할 것이기 때문이다.

더군다나 이 싸움에선 굳이 적을 전멸시킬 필요조차 없었다. 적을 공격해 패주시킨 후 저들이 패배를 자인하고 강을 건너 도주하는 것 정도로도 아바르의 힘을 충분히 증명할 수 있었다.

그럼에도 불구하고 무황 적황은 강을 건넌 네 왕국의 전사 전부를 전멸시키려는 전술을 쓰고 있었다.

이 전술은 자칫 아바르 전사들에게도 큰 피해를 입힐 수 있었다.

"그게 무황님의 방법이지요."

유리사는 그녀를 가르친 스승들로부터 과거 무황 적황이 불의 성을 멸하고 아바르를 점령할 때의 이야기를 귀에 인이 박이도록 들었다.

그녀가 전해 들은 수많은 싸움 이야기 중에 무황 적황이 적에게 활로를 열어준 경우를 단 한 번도 듣지 못한 유리사였다.

"그럼 이제 네 왕국의 전사들도 죽음을 각오하고 싸우겠군요."

와한이 걱정스러운 표정으로 말했다.

"항복할 수도 있지 않을까?"

파간이 와한을 보며 말했다.

"글쎄. 자존심이 무척 센 자들이잖아?"

"그래도 수천의 목숨이 걸린 일인데……."

파간은 네 왕국의 전사들이 무모하게 싸우지는 않을 거라 생각하는 듯했다.

그런데 그때 네 왕국의 진영에서 변화가 일어나기 시작했다. 그리고 그 변화는 무척 극적이었다.

우우우!

처음에는 벌 떼 나는 소리로 시작됐다. 그리고 갑자기 천둥이 치는 듯한 소음이 일어났다.

두두두!

풀잎에 맺힌 아침 이슬이 채 마르기도 전이다. 갑자기 숨죽이고 있던 네 왕국의 진영에서 기병들이 말을 몰아 질주하기 시작했다. 그리고 그 뒤쪽으로 수천의 보병 전사들이 몸을 날렸다.

기마 전사를 앞세운 네 왕국의 전사들이 향한 곳은 아바르 강 쪽이었다.

그곳에는 밤새 이동한 아바르의 전사 천여 명이 적의 퇴로를 끊고 있었지만 네 왕국의 수뇌들은 그래도 지금 퇴로를 뚫고 탈출하는 것이 낫다고 생각한 모양이다.

탈출 대신 무황 적황의 본진과 격돌하는 것은 전멸을 할 각오를 해야 하는 일이다.

그들의 진지는 고스란히 남아 있었다. 천막과 방책, 얼마간의 식량, 크고 작은 각종 병기 등.

네 왕국의 전사들은 오직 손에 검 한 자루만 잡은 채 몸만 빼내 아바르 강을 향해 달리고 있었다.

그들이 얼마나 이 기습적인 탈출을 급하게 결정했는지 고스란히 드러나는 순간이다.

쐐애액!

순식간에 하늘이 화살로 메워졌다. 퇴로를 끊고 있던 아바르의 일천 전사가 밀려오는 적들을 향해 날린 화살이다.

단말마의 비명 소리, 말과 함께 나뒹구는 기마 전사들, 그럼에도 불구하고 마치 생명수를 찾아 달리는 것처럼 무모한 네 왕국 전사들의 돌진. 그 모든 것이 한순간에 초원에서 이뤄지고 있었다.

그리고 뒤를 이어 또 다른 움직임이 시작됐다. 무황 적황이 이끄는 아바르의 본진에서도 기마 전사들이 진영을 벗어나 후퇴하는 네 왕국의 전사들을 추격하기 시작한 것이다.

우우우!

사방에서 울려 나오는 고함과 각 성의 깃발을 앞세운 추격대들이 밀물처럼 퇴각하는 적을 향해 질주했다. 아침 햇살을 받으며 펄럭이는 깃발들이 아름답게 초원을 수놓았다.

그 장쾌한 추격전 속에서 적풍과 십자성 고수들은 하나의 깃발에 눈길이 머물렀다.

검은 바탕에 열십자 형태의 별이 그려진 깃발을 세우고 아바르 전사들 가장 앞쪽에서 질주하는 한 무리의 전사들이다.

"구룡입니다."

소두괴가 긴장한 표정으로 말했다.

별이 새겨진 검은 깃발을 세우고 질주하는 전사들은 구룡이 이끄는 십자성의 전사들이었다.

그들은 비록 아바르의 전사로서 이 싸움에 참여하고 있지만 자신들이 십자성 소속의 무사라는 것을 분명히 드러내고 있었다.

"제길, 모난 돌이 정 맞는다고, 왜 가장 앞으로 나서냐고?"

이위령이 걱정스러운 표정으로 소리쳤다. 가장 앞서 적을 공격하는 구룡을 걱정하는 마음에서 나온 소리였다.

"잘해낼 거야."

다른 사람과 달리 적풍은 크게 걱정하지 않는 표정이다. 그리고 그의 생각대로 구룡이 마치 양 떼 속에 뛰어드는 호랑이처럼 적진을 유린하기 시작했다.

탈출하는 자들의 목적은 적을 베는 것이 아니었다. 어떻게든 적을 피해 달아나는 것이 목적이므로 네 왕국의 전사들은 그들의 퇴로를 끊고 있는 일천 아바르 전사들과의 직접적인 충돌을 피했다.

그들은 마치 바위에 막힌 물살이 좌우로 갈라지듯 퇴로를 차단한 아바르 전사들의 좌우로 우회해 아바르 강을 향해 달렸다.

물론 그 와중에 수많은 희생이 뒤따랐다. 단단히 진영을 구축하고 있는 아바르 일천 전사들은 깨뜨릴 수 없는 바위였다. 그 바위에 부딪친 자들은 여지없이 쓰러졌다.

등 뒤에선 무황이 직접 지휘하는 아바르의 기마 전사들이 노도처럼 밀려들었다.

이미 그들은 중 선두는 네 왕국의 전사들 중심부까지 파고 들어 와 있었다.

도주하는 자들은 뒤를 공격하는 적과 싸우지 못한다. 앞으로 나아가는 것이 유일한 출구라고 생각하기 때문이다.

평소라면 어느 정도 균형을 이룰 수 있는 전력이었지만, 일단 후퇴를 결정하고 퇴각하기 시작한 네 왕국의 전사들에게는 추격하는 아바르 전사들을 상대할 전의가 없었다.

그런 적들을 향해 가장 눈에 띄게 움직이고 있는 사람은 구룡이었다.

구룡은 마치 그동안 선천적인 제약으로 인해 제대로 싸워보지 못한 한을 풀기라도 하듯 전장 이곳저곳을 치달으며 적을 베어 넘겼다.

그의 칼은 금세 피로 물들었고, 그가 가는 곳은 어디라도 적들이 쓰러지며 길이 만들어졌다.

그래서 적의 후미를 차단하고 있던 일천의 아바르 전사들과 가장 빨리 만난 것도 구룡이었다.

구룡이 적진을 일직선으로 돌파해 적의 후방을 차단하고 있던 아바르 전사들과 만나는 순간 전황은 또 한 번 크게 변했다.

후퇴하는 적을 단단히 진영을 형성한 채 화살과 창으로 공격하고 있던 아바르 전사들이 구룡과 조우하는 순간 진형을 깨고 일어나 적들을 향해 말을 몰아 돌진하기 시작한 것이다.

그렇게 거대한 추격전이 황벽산과 아바르 강 사이의 초원에서 펼쳐졌다.

그리고 그 추격전은 장장 이틀 동안 계속되었다.

적풍과 십자성의 고수들은 이 장대한 추격전을 일정한 거리를 두고 따랐다. 그들에겐 다른 그 무엇보다도 구룡의 안위가 가장 걱정스러운 일이었다.

밤과 낮을 가리지 않은 이틀 동안의 추격전, 그 처절한 피의 추격전의 결과는 완벽한 아바르의 승리였다.

오손을 비롯한 네 왕국의 전사 중 살아서 아바르 강변에 도착한 자들은 겨우 절반. 수천의 전사들이 초원에 쓰러져 죽거나 혹은 아바르 전사들에게 사로잡혔다.

하지만 그렇게 막대한 희생을 치르며 아바르 강까지 퇴각한 효과는 분명히 있었다.

아바르 강변에서 누구도 생각지 못한 존재들이 강을 건너와 퇴각하는 동료들을 맞이한 것이다.

둥둥둥!

아바르 강변에 정박해 있던 네 왕국의 전선 다섯 척에서 계속해서 거대한 북소리가 퍼져 나왔다.

황벽산에서부터 시작된 탈주 끝에 아바르 강변에 도착한 네 왕국의 전사들은 그 북소리를 듣는 순간 안도의 숨을 내쉬었다.

그들의 눈에 북소리와 함께 전선 위에서 펄럭이는 네 개의 깃발이 들어왔다.

"신검의 왕들께서 오셨다!"

누군가의 입에서 절규 같은 목소리가 터져 나왔다.

그러자 그 소리가 사람과 사람의 입을 통해 순식간에 초원으로 퍼져 나갔다. 그리고 급기야는 네 왕국의 전사들을 추격하던 아바르의 기마 전사들 귀에도 들어갔다.

그러자 거짓말처럼 그 거대하고 장렬하던 추격전이 중지됐다.

아바르의 전사들은 빠르게 하나로 모여들어 진영을 정비하기 시작했다. 도주하던 자들의 반격을 대비하는 듯한 모습이다.

반면 도주하던 네 왕국의 전사들 역시 아바르 강을 등지고 그간의 혼란이 믿기 어려울 정도로 빠르게 진영을 재구축하기 시작했다.

그렇게 아바르 강변에서 다시 한 번 신혈의 아바르와 신검의 후예를 자처하는 네 왕국 전사들이 대치하기 시작했다.

"믿을 수가 없어."

유리사가 당황한 표정으로 말했다. 그녀는 살법을 수련한 사람이라 평소 감정의 표출이 거의 없는 여인인데 이번만큼은 그녀의 얼굴에 마음속의 생각이 모두 드러나 보였다.

"뭐가 말이오?"

이위령이 귀신이라도 만난 것처럼 놀라는 유리사를 의아한 표정으로 바라보며 물었다.

"그들이 왔소."

"그들이라니, 누구 말이오?"

"신검의 주인들 말이오."

"신검의 주인이 누군데 그러시… 헉!"

말을 하다 말고 이위령이 손으로 입을 가렸다. 두 개의 세계를 넘나드는 여행을 한 이위령조차도 놀랄 수밖에 없는 일이 떠올랐기 때문이다.

"그게 정말이오?"

이위령이 확인하듯 물었다.

그러자 유리사가 손을 들어 아바르 강에 떠 있는 다섯 척의 배 위에서 휘날리는 거대한 깃발들을 가리켰다.

"저 깃발들은 다른 사람이 쓸 수 없소. 오직 신검의 주인들만이 쓸 수 있소."

깃발들의 모양은 오손 등 각 왕국을 나타내는 것이었지만 그 크기가 다른 깃발에 비해 두 배는 컸고, 테두리는 금으로 장식되었으며, 깃발 오른쪽에 신검의 그림이 수놓아져 있었다.

적풍 일행은 강으로부터 제법 멀리 떨어진 곳에 있었지만,

깃발이 워낙 크고 화려해서 그 생김새를 쉽게 알아볼 수 있었다.

"신검의 주인이라니, 그럼 정말 예상처럼 애초부터 그들이 뒤에 있었던 걸까요?"

이위령이 적풍을 보며 물었다.

하지만 대답은 소두괴가 했다.

"아마도 어느 정도 거리를 두고 먼 후방에 있었을 겁니다. 무황께서 오셨다는 소식을 듣고서야 급히 도하했을 테고요. 그래서 도주하는 자들을 구원하러 오지 못한 것이겠지요. 이곳에서 마중하는 정도가 최선이었을 겁니다."

"음, 그렇군. 어쨌거나 무황께서 오셨으니 그들도 오지 않을 수 없었겠지."

이위령이 고개를 끄떡였다.

그런데 그때 적풍이 짜증나는 표정으로 중얼거렸다.

"그 늙은이는 대체 뭘 하고 있는 걸까?"

"누구 말씀이십니까?"

소두괴가 물었다.

"현월문주!"

"아, 그 양반. 그리고 보니 정말 그렇군요. 현월문주가 양쪽의 전면전은 막을 거라 생각했는데… 설득을 못 한 걸까요?"

"결과적으로는 그렇지. 아니면 아직 그들을 설득할 만한 명확한 증거를 찾지 못했던지."

"아무튼 이대로라면 대원정에 버금가는 전쟁이 시작되겠는데요?"

소두괴가 걱정스러운 표정으로 말했다.

"그럼 공멸이지. 왕국들은 사라지고 겨우 몇 개의 성만이 인간의 것으로 남아 있을 거야."

적풍이 냉정하게 말했다.

"좋지 않은 시기에 이 땅에 왔습니다. 이 전쟁의 소용돌이는 우리도 피하지 못할 것 같습니다만……."

"일단 모든 것을 건 전면전이 시작되면 당장 옥서스 무극산으로 돌아간다."

적풍이 단호하게 말했다.

"예? 무황님을 돕지 않고요?"

"아바르의 싸움은 아바르의 전사들이 하겠지. 중요한 것은 십자성에 있는 식솔들의 안위야. 옥서스는 아바르 밖에 있는 땅이 아닌가?"

"그렇군요. 비록 기이한 땅이어서 외부의 진입이 거의 불가능한 곳이라 해도 위험하긴 하지요."

"돌아가서 전쟁이 어찌 진행되는지 지켜보는 게 상책이다. 만약 아바르가 위기에 처한다면 그땐 다른 방법을 생각해 봐야겠지만 그렇지 않다면 난 무극산 십자성에 머물겠다."

"무황께서 서운해하실 겁니다."

이위령이 걱정스러운 표정으로 말했다.

"그야 어쩔 수 없는 일이고. 내겐 아바르보다 십자성이 중요하니까. 아무튼 언제라도 떠날 준비를 하도록."

"예, 성주!"

십자성의 전사들이 일제히 대답했다.

*　　　*　　　*

싸움은 점점 확대되는 양상으로 변해가고 있었다.

아바르 전사들 진영 뒤쪽으로는 끊임없이 구원대가 도착했다. 그들 중에는 석포를 끌고 온 전사들도 있었고, 특별하게 만든 커다란 철궁을 가지고 있는 자들도 있었다.

대원정을 위해 준비한 모든 병장기를 이곳으로 가져온 듯 아바르 전사들 진영은 하루하루 그 규모를 키워갔다.

물론 네 왕국 역시 규모가 불어나고 있는 것은 마찬가지였다. 수시로 강을 건너 칠왕의 전사들이 도착했고, 배의 숫자도 어느새 수십 척에 이르고 있었다.

그러나 그럼에도 불구하고 전세는 신혈의 아바르 쪽이 훨씬 유리해 보였다.

이유는 간단했다. 이 땅이 바로 아바르의 땅이기 때문이다.

오손 등 네 왕국이 대대적으로 전력을 보강하기에는 그들의 왕국이 너무 멀리 있었다. 그러므로 급히 전력을 보강한다 해도 아바르의 전력이 불어나는 것을 따라잡을 수는 없었다.

그나마 그런 전력의 열세를 극복할 수 있는 것이 신검의 주인들의 존재감이었다.

아바르에 무황이 있다면 네 왕국에는 신검의 주인들이 있었다.

물론 과거에 무황 적황은 그들을 물리치고 아바르를 차지했지만 지금은 사정이 또 달랐다.

무황 적황의 몸이 예전과 같지 않다는 소문은 이미 칠왕의 땅 전역에 퍼져 있었다.

이런 상황에서 신검의 주인들 존재는 수천의 군세보다도 더 위압적일 수 있었다. 더군다나 한 명이 아닌 네 명이다. 네 명의 신검주를 홀로 상대하는 일은 적황이 건재했을 때도 힘든 일이었다.

그런 신검주들의 존재감으로 인해 전력 차이에도 불구하고 양쪽의 즉각적인 충돌은 벌어지지 않고 있었다.

그런 대치가 오 일간 이어졌다. 그리고 이젠 양쪽 모두 어떤 식으로든 이 대치를 끝내야 한다고 생각하기 시작했다.

물론 마음이 급한 쪽은 네 왕국의 전사들이었다. 식량을 걱정해야 할 지경에 이르러 있었기 때문이다.

그래서 결국 먼저 움직인 쪽은 네 왕국을 이끄는 신검의 주인들이었다.

그들은 대치 상황 오 일째 되는 날 무황 적황에게 사자를 보냈다.

그리고 무황에게 현재의 대치를 평화적으로 끝낼 협상을 요구했다. 무황은 그 협상 제의를 받아들였다.

평소 무황의 성정을 생각하면 특별한 결정이었다. 예전의 무황이라면 적의 항복 이외에는 아바르를 침범한 적과의 협상은 없었을 것이기 때문이다.

하지만 무황은 화의를 위한 협상 제안을 받아들였고, 그 즉시 후방에 남아 있는 적풍에게 사람을 보냈다.

"그러니까 나더러 신검의 왕들과의 협상 자리에 동행하란 말이오?"

적풍이 무황 적황의 말을 전하기 위해 온 단우하에게 물었다.

"그렇습니다. 무황께서… 부탁드린다 말씀하셨습니다."

단우하가 망설이며 말했다.

"부탁이라……."

"무황께서 부탁이라는 말씀까지 하셔야 하는지… 저로서는 사황자님이 원망스럽습니다만……."

누가 뭐래도 단우하는 무황 적황의 사람이다. 그는 무황 적황이 이 땅에서 누군가에게 부탁이라는 것을 한다는 것이 못내 불만족스러운 모양이다.

무황은 곧 아바르고 아바르가 곧 무황이기 때문이다.

더군다나 더 걱정스러운 것은 이 특별한 성정의 사황자가 무황의 부탁을 거절할 수도 있다는 것이다. 그런데 그런 단우하의 걱정이 한순간에 사라졌다.

"부탁이라면 가봐야지."

걱정과 달리 적풍이 순순히 무황의 부름에 응했다.

"정말이십니까?"

단우하가 믿을 수 없다는 듯 되물었다. 적어도 그는 약간의 실랑이는 할 것이라고 생각했기 때문이다.

적풍의 대답은 십자성의 고수들에게도 이상하게 느껴졌다.

왜냐하면 적풍은 당장에라도 무극산 십자성으로 돌아갈 것처럼 행동하고 있었기 때문이다.

사람들이 의문의 표정으로 자신을 바라보자 적풍이 덤덤하게 대답했다.

"신검의 주인들을 한꺼번에 네 명이나 만날 수 있는 기회는 흔치 않잖아? 그들을 만나봐야 십자성이 이 땅에서 얼마나 안전한지. 혹은 우리 식구들의 안전을 위해 뭘 더 준비해야 하는지 알 수 있으니까. 나에겐 그들의 능력을 가늠할 수 있는 좋은 기회 아니겠나?"

제8장
왕들의 회동

다섯 개의 깃발이 아바르 강변 동안 북쪽의 야트막한 야산에 모였다.

이름 없는 야산에서 모이기에는 지나치게 대단한 의미를 지닌 깃발들이다.

사자 문양이 수놓아진 투박한 모양의 깃발은 신혈의 아바르를 지배하는 무황 적황의 깃발이다.

세 개의 호수가 그려진 화려한 금장의 깃발은 오손의 제왕이자 수신검의 주인인 하막의 깃발이고, 무기와 도구의 중간쯤 형태를 지닌 커다란 망치가 새겨진 깃발은 석림의 제왕이자 파산신검의 주인 석두인의 깃발이다.

열두 개의 검이 그려진 깃발은 천인총의 제왕이자 사신검의 주인인 사혼왕 사삼우를 의미했고, 대해를 가르는 거대한 전선이 새겨진 깃발은 바람의 왕국 제왕인 해풍신검의 주인 장유황을 의미하는 것이다.

단언컨대 이 깃발들이 한날한시에 모인 것은 역사상 오직 단 한 번 있었다.

신혈족이 아바르의 정복에 성공한 후 현월문주의 중재하에 신혈족과 칠왕의 후예들 간의 지루한 싸움을 끝내고 휴전을 이끌어낸 수십 년 전의 회합, 그때 이들은 이 깃발들을 앞세우고 이렇게 한자리에 모였었다.

물론 그때는 하나의 깃발이 더 있었다.

칠왕의 왕국 중 정령의 왕 공룡은 이번 싸움에도, 그리고 회합에도 참여하지 않았다. 아마도 그는 지금도 여전히 그들의 숲인 헤루안에 머물고 있을 것이다.

헤루안의 사람들은 전사라기보다는 령사, 혹은 술사로 불린다. 물론 그들 역시 다른 칠왕의 후예들 못지않은 무술 실력을 가지고 있긴 하지만, 그보다는 헤루안에 존재하는 동물과 나무 등 모든 사물과 교감하는 신비한 정신적 능력이 더 유명해서 이 땅에서는 그들을 전사보다는 령사로 취급하고 있었다.

그들의 그 신비한 정신적 능력은 정령의 숲 헤루안에 있을 때 극대화되고 헤루안을 벗어나면 그 능력이 급격하게 감퇴하기에 그들은 여간해선 그들의 땅 헤루안을 떠나는 일이 없었다.

다만 일부의 수뇌들은 그 능력을 숲 밖에서도 유지할 수 있는 힘을 가지고 있어 회합 정도에는 참여할 수도 있겠지만, 오늘의 회합은 너무 급작스럽게 정해진 것이라 헤루안까지 가서 정령의 왕을 데려올 시간이 턱없이 부족했다.

무황 적황은 모임의 장소로 정해진 야산으로부터 수백 걸음 뒤쪽에 아바르의 전사 오백을 남겨 두고 소수의 수뇌만 데리고 야산을 올랐다.

그 일행 중에는 두 개의 신검을 지닌 적풍도 포함되어 있었다. 적풍은 소두괴와 이위령이 호위하고 있었다.

무황 적황이 노구를 이끌고 야산의 정상에 오르자 미리 와 있던 네 명의 절대제왕들이 투박한 나무 의자에서 일어나 적황을 맞았다.

아무리 싸워 이겨야 할 상대지만 무황 적황은 신검의 주인들에게조차도 정중한 대우를 받을 만한 인물이었다.

"어서 오시오, 무황! 오랜만에 봅니다!"

먼저 입을 열어 무황 적황을 맞이한 사람은 무황과 가장 가까운 거리에 서 있던 해풍신검의 주인 장유황이다.

그는 제법 큰 체구를 가지고 있었지만, 이상하게 바람이 불면 그 바람을 타고 허공으로 날아오를 것 같은 자유로운 기도가 느껴졌다.

그렇다고 그의 사람됨이 가볍게 느껴지는 것은 아니었다. 그는 진중해 보였고, 다른 제왕들에 비하면 밝은 성정을 지니고 있는 듯 보이기도 했다.

"반갑소. 남해에서 이곳까지… 먼 길을 오셨구려."

무황 적황이 장유황의 인사를 받았지만 그 표정과 목소리는 장유황과 달리 적의를 담은 듯 무겁고 차가웠다.

아바르를 공격하기 위해 직접 강을 넘은 것에 대한 추궁의 의미도 들어 있는 말이었다.

"신검 주인들의 회합이 있어 벽루에 왔다가 이렇게 이곳까지 오게 되었소이다. 자, 인사들 하시지요."

장유황이 불편한 대화를 피하려는 듯 다른 세 명의 신검 주인들을 보며 말했다.

"오랜만이오."

장유황 다음으로 인사를 건넨 사람은 열두 개의 검이 그려진 깃발 아래 서 있던 천인총의 제왕 사신검주 사혼왕 사삼우다.

그는 과거 신혈족의 아바르 정벌 시 가장 치열한 싸움을 벌인 인물로 여전히 신혈의 아바르에 대한 적대감이 강렬했다.

무황은 그런 사삼우의 인사에 가볍게 고개를 숙여 보이는 것으로 인사를 대신했다.

"이렇게 만나게 되어 유감이오."

사신검주 사삼우의 뒤를 이은 자는 석림의 제왕 석두인이다. 산 하나쯤 가볍게 뽑아 올릴 것 같은 단단하고 거대한 체구를 지닌 석두인은 무표정한 얼굴로 적황을 맞았다.

"이 늙은이와 달리 여전히 강건하시구려. 역시 파산신검의 정기는 대단한 것 같소."

적황이 말하자 석두인이 무심하게 대답했다.

"우리 석림의 사람들은 죽는 날까지도 이런 몸을 하고 있다는 걸 아시지 않소?"

"그렇다 해도 부러운 체질이시오. 이 추레한 몸에 비하면 말이오."

적황이 주름 가득한 자신의 손을 들어 보이며 말했다.

그러자 지금까지 침묵을 지키고 있던 오손의 제왕 하막이 가장 늦게 입을 열었다.

"하지만 무황의 정력은 여전히 강건하신 것 같소이다만. 칠왕의 땅에 대한 대원정을 계획하실 만큼 말이오."

신혈제일성에 아바르의 전사들을 모아놓고 강을 건너 자신들의 왕국을 정벌하려 한 무황의 행동을 비난하는 의미가 담긴 말이다.

"하지만 결국 노구에 힘에 부쳐 그만두지 않았소? 그러니 역시 그대들의 강건함이 부럽소이다. 이렇게 강을 건너 아바르를 공격할 만한 힘과 열정을 가지고 계시니 말이오. 나야 마음뿐이지만."

이번에는 무황 적황이 네 왕국의 전사들이 강을 건너 아바르를 공격한 일을 추궁했다.

그러자 가장 먼저 적황에게 인사를 건넨 해풍신검의 주인 장유황이 서둘러 차가워지는 장내의 분위를 수습했다.

"우리 중 나이 든 사람이 어찌 무황 한 분뿐이겠소. 우리 역시 언제 죽어도 이상할 것 없는 나이요. 그러니 힘들게 서서 이럴 것이 아니라 앉읍시다."

장유황의 적절한 개입에 적황과 하막이 서로를 향한 적의를 거둬들이고 허름한 나무 의자에 앉았다.

그렇게 자리를 잡고 앉자 이번에는 적황이 먼저 입을 열었다.

"이제 날 초대하신 이유를 들어봅시다."

적황이 네 명의 신검 주인들을 돌아보며 물었다.

그러자 역시 장유황이 대답했다.

"물론 짐작하고 계실 것이오. 지금 이대로 양쪽의 전사들이 전면전을 벌이면 서로 공멸을 면치 못할 상황이니 이쯤에서 이 싸움을 거두자는 의미로 모신 것이오."

"협상이라…… 그렇다면 간단한 일 아니오? 네 분께서 수하들을 이끌고 강을 건너 돌아가시면 끝인 일 아니겠소?"

적황이 간단하게 대답했다.

"물론 그렇긴 하지만 우리로서도 이대로 돌아갈 수는 없소."

"이곳은 아바르요. 아바르는 나 무황과 신혈족의 땅이오. 이곳을 침범한 것에 대한 대가를 치르지 않고 보내주겠다는데 달리 원하는 것이 있단 말이오? 미안하지만 난 이 땅의 그 어떤 것도 내줄 생각이 없소."

무황이 단호하게 말했다.

무황의 행동을 보면서 적풍은 이 늙은 제왕이 정말 자신과 닮았다는 것을 새삼스레 깨달았다. 이 단호함은 상대로 하여금 감히 말장난이나 얕은 술수를 부릴 수 없게 만든다.

"물론 강을 건넌 것은 우리의 잘못이라고 할 수 있소. 하지만 아바르에도 일정 부분 책임이 없다고는 할 수 없을 것이오. 애초에 칠왕의 땅에 대한 대원정을 계획하지만 않았다면 이런 일은 없었을 것이오."

장유황이 변명하듯 말했다.

"글쎄. 사람의 마음속에 있는 생각이 모두 죄가 된다면 그대들은 지난 수십 년 동안 우리 신혈의 아바르를 노려오지 않았소?"

"……."

장유황이 무황 적황의 물음에 대답을 하지 못했다.

그러자 적황이 계속 말을 이어나갔다.

"누군가의 마음속 생각은 문제가 아니오. 그 생각을 행동으로 옮겼느냐 아니냐가 문제지. 내 생각은 마음속에 머물러 있었고 그대들은 행동으로 옮겼소. 그러니 오늘 이 모든 일의 책임은 그대들에게 있소. 그럼에도 난 그대들의 후퇴를 막지 않겠다는 것이오. 이 양보가 과거의 나라면 절대 있을 수 없는 일이란 걸 잘들 아실 것이오. 그리고 아마도 이 양보의 이유도 알고 있을 것이오."

"음……."

장유황이 나직하게 신음을 흘렸다. 그러고는 자신은 더 이상 할 말이 없다는 듯 의자에 등을 기대며 뒤로 물러났다.

그러자 석문의 석두인이 검이라고 말하기에는 너무 두껍고 도끼라고 말하기에는 그 길이가 너무 긴 칼로 땅을 짚으며 물었다.

"말씀하신 그 양보의 이유는 역시 현월문주가 말한 바로 그 일이오?"

"그렇소. 그 일이 아니라면……."

적황이 말을 하다 말고 입을 다물었다.

어쩌면 그 일이 아니라면 칠왕의 땅에 대한 대원정을 그만두지 않았을 거란 말을 하고 싶었는지도 모른다.

적황이 입을 닫자 석두인이 기다렸다는 듯 입을 열었다.

"그 일 때문에라도 더 이상의 싸움은 없어야 하지 않겠소?"

"그러니 물러가라지 않았소?"

적황이 냉정하게 말했다.

그러자 석두인이 잠시 주저하다 어렵게 입을 열었다.

"억류된 각 왕국의 전사들을 두고 물러날 수는 없소."

석두인은 황벽산에 고립되었다가 결국 제압된 네 왕국의 전사들을 풀어줄 것을 요구하고 있었다.

그러자 적황이 고개를 저었다.

"그들은 억류된 것이 아니오. 그들은 포로가 된 것이오."

"음……."

적황의 단호한 말에 석두인과 다른 신검의 주인들도 모두 불쾌한 음성을 흘려냈다. 그러나 그렇다고 적황의 말을 반박할 수도 없었다. 그들이 포로인 것은 누구도 부인할 수 없는 일이었다.

"어찌 되었든 그들을 돌려주시면 우린 물러가겠소."

석두인이 말하자 적황이 다시 단호한 말투로 대답했다.

"불가한 일이오. 그들은 감히 신혈의 아바르를 침범했고, 황녀를 공격했으며, 신혈의 전사들을 죽였소. 그대들이라면 이런 자들을 놓아줄 수 있겠소?"

"그럼… 그들을 모두 죽이겠다는 것이오?"

오손의 제왕 하막이 신경질적으로 물었다.

"그들의 생사가 어찌 될지는 황녀가 결정할 것이오. 그들에게 공격당한 것도 그 아이고 그들을 제압한 것도 그 아이이니."

"살려서 노예로라도 쓰겠다는 것이오?"

천인총의 사삼우가 빈정거리듯 물었다.

과거 신혈족이 칠왕의 왕국에서 노예로 살던 것에 대한 비웃음이 섞여 있는 듯했다.

"못할 것도 없을 것 같구려?"

"감히 칠왕의 후예들을 노예로 삼겠단 말이오?"

사삼우가 자리를 박차고 일어났다.

그러나 무황은 흔들림 없이 자리에 앉은 채 냉정하게 말했다.

"지금도 신혈족 중 일부가 그대들 왕국에서 노예로 살고 있다는 것을 알고 있소. 신혈족이 단 한 명이라도 그대들의 노예로 살고 있다면 나 또한 칠왕의 포로를 아바르의 노예로 쓰는데 한 치의 주저함도 없을 것이오. 그리고… 더 이상 내 앞에서 날 모욕하는 행동은 하지 마시오. 이번 한 번만 참아주겠소. 내게 신검의 주인이란 신분은 아무런 의미도 갖지 못하오. 과거 불의 성의 성주가 그러했듯이."

나직하지만 살기가 뚝뚝 떨어지는 적황의 말에 죽은 자들의 신을 자처하는 사삼우조차도 감히 더 이상 반격하지 못하고 적황을 노려보기만 했다.

일촉즉발, 누구라도 상대를 향해 검을 뽑으면 장내가 순식간에 혈전의 장으로 변할 팽팽한 긴장감이 흘렀다.

그런데 그 와중에 적풍만은 여유롭게 양손으로 두 개의 신검 손잡이를 눌러대며 마치 싸움이 한번 일어났으면 하는 표정으로 신검의 주인들을 바라보고 있었다.

그런 적풍의 모습을 뒤에서 보고 있던 소두괴와 이위령이 시선을 교환하며 혀를 내둘렀다.

적풍이 신검의 주인들에 대해 숨길 수 없는 전의를 일으키고 있다는 것을 알고 있기 때문이다.

"고정하십시오."

소두괴가 적풍의 바로 등 뒤로 다가서며 말했다.

"내가 뭘?"

적풍이 아무렇지도 않다는 듯 되물었다.

"싸우고 싶으시잖아요?"

"그게 뭘?"

"일부러 싸움을 일으키지는 말라고요."

"설마 내가 그러겠나?"

"그러실 것 같은데요."

소두괴가 대답했다.

그러자 적풍이 가볍게 한숨을 쉬며 소두괴를 돌아봤다. 그러고는 더 나직한 목소리로 대답했다.

"소두괴, 그대는 정말 나를 너무 잘 알아."

"아이고, 정말이네. 제발 가만히 계세요."

"알겠어. 하지만 제발 저들이 검을 뽑았으면 좋겠군."

"후우, 그럴 일은 없을 겁니다."

"왜? 기세로 보아선 한바탕 싸울 기센데."

"저자들은 신중한 자들입니다. 또 무황님을 두려워하죠. 물론 노쇠하셨다 해도요. 과거 한 번 패한 사람에게, 그것도 불리한 상황에서 감히 도전할 엄두는 내지 못할 겁니다."

"그럴까?"

적풍이 고개를 갸웃했다.

"그럼요. 신중하다는 것은 곧 겁이 많다는 뜻이거든요."

소두괴의 말에 적풍이 다시 고개를 돌려 신검의 주인들을 바라봤다. 그러고는 다시 한 번 중얼거렸다.

"그런가 보군. 싸울 의사는 없는 것 같아. 전의가 없어. 재미없어, 이런 만남은."

적풍이 갑자기 무료해진 표정으로 중얼거렸다.

"아무래도 오늘은 결론을 내기 어려울 것 같소."

뒤로 물러나 있던 장유황이 다시 나섰다. 그나마 그가 개중에서 가장 유연한 인물인 듯싶었다.

"그럽시다. 그만합시다. 물러가지 않으면 싸울 뿐. 이 땅의 율법이 그러하니."

적황이 느리게, 그러나 무거운 기운을 짓누르듯 자리에서 일어났다. 그러고는 천천히 걸음을 옮겨 아바르의 전사들이 있는 곳까지 걸어왔다.

"가자."

적황의 말에 아바르의 전사들이 재빨리 적황의 말을 대령했다.

적황이 말에 오른 후 여전히 나무 의자에 앉아 있는 신검의 주인들을 보며 말했다.

"난 가보겠소. 선택은 그대들의 몫이오. 그러나 언제까지 그대들이 물러가길 기다리고 있을 수는 없소. 삼 일 안에 강을 건너지 않으면 공격하겠소. 그럼 현명한 선택을 하길 바라겠소."

그러자 갑자기 오손의 왕 하막이 입을 열었다.

"혹시 무황 옆에 있는 사람이 사황자요?"

순간 무황이 조금 거만한 표정으로 적풍을 가리키며 말했다.

"이 아이 말이오? 그렇소. 이 아이가 이 땅의 역사에서 유일하게 두 개의 신검을 지닌 내 아들이오."

"음……."

"흥!"

무황의 대답에 신검의 왕들이 저마다 불쾌한 기색을 드러냈다. 두 개의 신검을 보유하는 것은 그 옛날 일곱 개의 신검을 만들어 칠왕에게 건넨 무색의 마법사 차요담의 법에 어긋난다.

그런데 도깨비처럼 이 땅에 등장한 무황의 사황자는 아무런 거리낌 없이 두 개의 신검을 소유하고 있었다.

"두 개의 신검을 소유하는 것은 벽루의 맹약에 어긋나는 일이오."

하막이 차갑게 말했다.

그러자 갑자기 적풍이 불쑥 대답했다.

"난 벽루의 맹약 따위는 모르는 사람이오. 그 맹약에 얽매이는 사람도 아니오."

"지금 감히 그대가 끼어들 상황이라고 보는가?"

하막이 불쾌한 표정으로 물었다.

"내가 가진 신검에 대한 일을 논의하는데 내가 말조차 할 수 없는 이유가 뭐요?"

"지금 이곳은 칠왕의 땅의 제왕들이 이 땅의 정세를 논의하는 자리다. 그대가 나설 자리가 아니다."

"그런가? 그런가 보군. 내가 낄 자리가 아니었다면 미안하오. 그런데 나도 한마디 충고하겠소."

"충고?"

하막의 눈썹이 꿈틀거렸다.

감히 자신에게 충고라니. 아무리 그의 여행이 지금 이 땅에서 최고의 화젯거리라지만 결국 적풍은 무황의 혈육 중 한 명이고 자신은 칠왕 중 한 명이다. 그런데 충고라니 가소로운 일이 아닐 수 없었다.

"그렇소. 잘 들으시오. 난 그대의 말이 아니더라도 이 땅의 정세 따위는 논하고 싶지 않소. 하지만 감히 나를 빼고 내 자신의 일에 대해 논의하는 것은 용납하지 않소. 그건… 죄송하게도 무황님조차 마찬가지요. 그러니 앞으로 내가 있는 곳에서 나에 대해 그 어떤 말도 하지 마시오. 벽루의 맹약 따위를 들먹이며 신검을 가질 자격에 대해선 더더욱 거론하지 말란 말이오. 만약 정 그러고 싶다면… 스스로 내게 능력을 증명하던지."

적풍의 응대는 모두를 경악시켰다.

적풍의 과단한 성정을 알고 있는 십자성의 고수들은 물론 무황 적황까지도 적풍의 반발은 예상을 뛰어넘는 것이었다.

그러니 신검주들의 경악과 분노는 당연한 것이었다. 그들 중 일부는 자리를 박차고 일어나기까지 했다.

순간 적풍이 양손으로 잡고 있던 신검을 살짝 검집에서 들어 올렸다.

그러자 검집을 벗어난 두 신검의 검신에서 두 종류의 기운, 사자검의 검은 기운과 불의 검의 붉은 기운이 회오리치듯 흘러 나와 적풍을 휘어 감았다.

그 기운 속에서 적풍의 차가운 목소리가 흘러나왔다.

"처음부터 기대하고 있었다. 대체 신검의 주인들은 얼마나 강한 힘을 가지고 있는 것일까 하고 말이야. 그대들이 그걸 시험할 기회를 준다면 내가 이곳에 온 보람이 있다고 할 수 있어. 누구든 좋다. 두 개의 신검을 가지고 싶은 자는 도전하라. 누구든!"

말을 하는 적풍의 눈은 검은 눈동자가 눈 전체를 장악해 심연처럼 깊어졌고, 그의 입가에는 마치 즐거운 놀이를 앞에 둔 아이처럼 미소가 드리워져 있었다.

이 땅에서 가장 강한 자들을 상대할 수 있다는 기대감이 그의 신혈을 완벽하게 폭발시키고 있었다.

"무황, 정말 이걸 원하시오?"

장유황이 소리쳐 물었다.

그러자 무황 적황이 대답했다.

"물론 지금 이 상황은 나도 예상치 못한 일이긴 하오. 하지만 나도 어쩔 수 없소. 이 아이는 나의 아들이기 이전에 아바르와는 별개인 십자성의 성주요. 십자성의 성주에겐 나도 감히 그 행동을 제약할 수 없소. 이유는 간단하오. 그는 두 개의 신검을 가진 존재니까. 신검의 소유자는 결국 이 땅의 제왕이 아니겠소? 벽루의 회합이 열린다면 나보다 두 개의 신검을 지닌 십자성주가 참여할 자격이 있는 것처럼. 그러니 이 일은 신검의 주인들끼리 해결하시오. 일대일의 대결이라면 난 관여치 않겠소. 설혹 내 아들이 죽는다 해도. 뭐, 죽을 것 같지는 않지만."

적황의 대답 역시 모든 사람의 예상을 벗어난 것이었다. 사람들은 당연히 적황이 적풍을 제지할 거라고 생각했다.

그런데 적황은 오히려 적풍과 신검주들의 대결을 부추기는 듯한 모습이지 않은가.

이건 한 가지 확신이 없다면 불가능한 일이다. 적풍이 신검의 주인들을 상대로 적어도 일대일의 대결에서는 이길 수 있다는 확신, 그 확신이 없다면 선택할 수 없는 행동이다.

그런 적황의 속내를 모를 리 없는 신검의 왕들이다.

그리고 무황 적황의 판단이라면 그 판단이 틀릴 가능성이 거의 없다. 그렇게 되자 곤란해진 것은 신검주들이었다. 그들 중 누구도 먼저 나서서 적풍을 상대하겠다는 사람이 없었다.

어찌 보면 당연한 일이다.

두 개의 신검을 지닌 자, 거기에 무황 적황이 인정한 강자라면 네 명의 신검주 중 누구도 승리를 자신할 수 없기 때문이다.

짧지 않은 시간이 흘렀다.

네 명의 신검주와 적풍이 만들어내는 태산 같은 기운이 야산을 뒤덮을 듯 퍼져 나갔다.

작고 볼품없던 아바르 강변의 야산이 여섯 신검의 기운으로 인해서 세상에서 가장 신비로운 산으로 변해가는 듯했다.

그러나 여전히 신검주 중 누구도 적풍을 상대하러 나선 자가 없었다.

그러자 적풍보다도 더 이 상황에 끼어들 신분이 아닌 소두괴가 퉁명스러운 목소리로 적풍에게 말했다.

"성주님, 이제 그만하시죠. 싸우려는 사람도 없는데 이게 무슨 짓입니까, 어린애처럼? 아무리 싸우고 싶어도 오늘은 자중하라고 말씀드렸잖아요?"

소두괴의 등장은 아마도 지금까지 이 야산에서 일어난 일 중에서 가장 엉뚱하고 당황스러운 일일 것이다.

적풍이 칠왕과 무황 사이의 논쟁에 끼어든 것에 분노하던 칠왕들에게는 더더욱 그러했다.

그러나 적풍과 소두괴는 사람들의 시선이나 생각 따위는 전혀 관심이 없는 듯 보였다.

"역시 어렵겠나?"

적풍이 퉁명스럽게 물었다. 아쉬움이 잔뜩 묻어나는 모습이다.

"어렵죠. 무황께서 계시는데. 그리고 수천의 아바르 전사들이 초원에 머물러 있는데 누가 감히 두 개의 신검을 가진 성주께 도전하겠습니까? 그런 바보 같은 결정을 할 사람은 이곳에 없습니다. 그러니까 싸울 욕심은 그만 접으세요."

"그렇군. 아쉬운 일이야. 아바르에 와선 제대로 싸워본 적이 없어."

적풍이 투덜거리듯 말하면서 결국 반쯤 뽑은 두 개의 신검을 검집에 밀어 넣었다.

그러자 순식간에 그를 휘감고 있던 두 개의 기운이 사라졌다.

신검의 기운이 사라진 적풍이 조금 무료한 표정으로 적황에게 말했다.

"이만 돌아가시죠?"

"그러자꾸나."

무황도 더 이상 네 명의 왕에겐 관심을 두지 않았다.

그들은 여전히 그들이 지닌 신검의 기운을, 이 땅의 역사를 만들어왔다고 자부하는 그 강력하고 신비로운 기운을 뿜어내고 있었지만 적풍과 적황 두 사람에게는 어떤 제약도 가하지 못했다.

"돌아간다!"

적황의 명이 떨어지자 아바르의 전사들이 적풍과 적황을 에워싸고 산 아래로 내려가기 시작했다.

그 와중에 적황이 재차 경고를 남겼다.

"분명히 말했소! 삼 일 후라고!"

적풍과 적황이 내려올 때까지 아바르 강변의 이름 모를 야산은 여전히 신검주들의 신비로운 기운에 휩싸여 있었다.

멀리서 보면 야산에서 큰 사달이라도 난 것처럼 생각할 수밖에 없는 그 기운들은 그러나 적풍과 적황 두 사람이 하산을 마치고 초원에 접어들자 결국 사그라지고 말았다.

"잡종들!"

신검의 기운을 거둬들인 천인총의 제왕 사삼우의 입에서 나직한 뇌까림이 흘러나왔다. 분노 가득한 그의 음성은 듣는 사람의 모골을 송연하게 만들어 그가 당장에라도 산을 내려가 적풍과 적황을 공격할 것처럼 느껴졌다.

그러나 그건 단지 느낌일 뿐, 사삼우가 당장은 할 수 있는 일이 없다는 것을 장내의 왕 모두가 알고 있었다.

사삼우의 분노는 스스로에 대한 자괴심을 감추기 위한 것일 뿐이었다.

"결정을 내려야 할 것 같소."

사삼우의 분노는 지금 아무 소용이 없었으나, 오손의 왕 하막의 말은 지금 가장 필요한 말이었다.

"전면전이라……. 가능하겠소?"

석림의 석두인이 걱정스러운 표정으로 물었다.

"지금은 분명히 불리하오. 이 땅은 아바르의 땅이오. 더군다나 저들은 대원정을 위해 준비한 전사들을 쉽게 불러 모을 수 있소. 반면 우리는 현월문의 문주가 제안한 새로운 맹약을 받아들이기 전에 유리한 위치를 점하기 위해 급하게 공략하느라 각 왕국의 전력을 모두 모아 올 수 없었소. 지금에 와서 그런 전력을 갖추기 위해선 시간이 부족하고 말이오."

"그럼 저들에게 억류된 칠왕의 전사들이 저들의 노예로 살아가는 것을 두고 봐야 한다는 거요?"

천인총의 사삼우가 차가운 말투로 물었다.

"그럼 싸우시겠소?"

하막이 사삼우에게 추궁하듯 되물었다.

"난 세 분이 동의하면 싸우겠소."

사삼우가 단호하게 말했다.

"승패를 가늠할 수 없는 싸움이오. 자칫 칠왕의 전설이 무너질 수도 있소."

석림의 석두인이 신중하게 말했다.

"어려운 일이오. 무황이 삼 일의 기한을 정해두었으니 결정을 미룰 수도 없는 일이고."

바람의 왕국 제왕인 장유황이 고개를 저으며 중얼거렸다.

그러자 하막이 잠시 생각에 잠겼다가 물었다.

"현월문주가 언제 돌아온다고 했소?"

"한 달의 기한으로 떠났으니 곧 돌아올 것이오."

"그럼 그를 기다리는 것도 한 방법이구려."

"그가 무황을 설득할 수 있겠소?"

석두인이 물었다.

"이 땅에서 무황의 행보를 제약할 수 있는 유일한 존재가 있다면 바로 그밖에 없을 것이오. 설혹 무황이 현월문주조차 무시할 수 있다 해도 그가 가져오는 소식을 무시할 수는 없을 것이오."

"카말의 숲에서 일어나고 있는 어둠의 기운 말이오?"

"그렇소. 그 일의 심각성은 무황도 알고 있으니 현월문주가 오면 그 일과 엮어서 그의 양보를 받아낼 수 있을 것이오. 그러니… 일단 그때까지는 움직이지 맙시다."

하막이 말했다.

"삼 일 후 그의 공격이 시작되면 어찌하겠소?"

"그야 어쩔 수 없는 일이오. 방어진을 단단히 구축하고 막아낼 수밖에. 그리고 지금 당장 각 왕국으로 사람을 보내 늦더라도 전사들을 추가적으로 불러 옵시다. 그런 모든 조치가 나중에 무황과의 협상을 유리하게 이끌 수 있을 것이오."

"음, 지금으로선 오손 왕께서 하신 판단이 가장 적당한 것 같소. 버텨봅시다."

석두인이 장유황과 사삼우에게 말했다.

"나도 동의하오."

장유황이 즉시 대답했다.

그러자 천인총의 사삼우도 못마땅한 표정을 지었지만 결국 고개를 끄떡임으로써 하막의 의견에 동의했다.

"자, 그럼 서둘러 하산합시다. 그의 공격을 상대하려면 준비를 많이 해야 할 것이오."

석두인이 먼저 걸음을 옮기며 말했다. 그러자 다른 세 명의 신검주도 분주하게 야산을 내려가기 시작했다.

"왜 그랬느냐?"

아바르 진영의 앞쪽에서 걸음을 멈춘 채 네 명의 신검주가 야산을 내려와 강변 그들의 진영으로 돌아가는 것을 지켜보고 있던 무황 적황이 적풍에게 물었다.

"무엇이 말입니까?"

"그들을 도발한 것 말이다."

"시험해 보고 싶었지요. 이 땅을 수백 년간 지배해 온 신검의 주인들은 어느 정도인가 하고 말이지요."

"파국이 올 수도 있는 일이었다."

"어차피 그들이 싸우지 못할 거란 건 알고 있었습니다."

"그걸 확신했다고?"

"그렇습니다. 물론 싸우겠다고 나섰다면 더 좋았겠지만, 그들을 결코 그럴 수가 없었을 겁니다."

"이유는?"

"뭐… 두려워서랄까요?"

"하하하! 그들이 네가 두려워서 도전을 회피했다는 것이냐? 정말 그렇게 생각한다면 넌 정말 광오한 녀석이다. 그건 오만을 넘어서는 광오함이야. 그들은 신검의 주인들이다. 수백 년 이 땅을 지배해 온 자들이지."

무황은 충고를 하는 것이 아니었다. 그렇다고 적풍의 광오함을 질책하는 것 같지도 않았다.

단지 그는 약간의 당황스러움과 혹은 기대하지 않은 즐거움을 얻는 모습이었다.

"절 두려워해서라기보다는 자신들이 가진 것을 잃는 게 두려웠을 겁니다. 만약 그들이 내 도발에 응한다면 그들은 잃을 게 너무 많았지요. 적어도 나를 완벽하게 제압할 자신이 없다면 시작할 수 없는 싸움이었다는 뜻입니다. 세상의 시선들, 이곳에서의 생사, 칠왕의 왕국들의 안위 등… 그들이 패할 경우 잃어야 할 그 많은 것들이 그들을 두렵게 했을 겁니다. 노련한 자들이 그런 선택을 하겠습니까?"

"음, 그런 의미라면 틀린 말은 아니군."

적풍의 자신감이 단지 싸움의 승패를 두고 한 말이 아니라는 것을 안 적황이 고개를 끄떡였다.

"그런데 저들은 어떤 결정을 할까요?"

이번에는 적풍이 물었다.

"모르지."

적황도 네 명의 신검주가 어떤 결정을 내릴지 짐작할 수 없는 모양이다.

"만약 삼 일 후에도 떠나지 않으면 어쩌실 겁니까? 정말 공격하실 겁니까?"

"그렇다."

무황은 망설이지 않고 대답했다.

"그야말로 파국이 올 수도 있습니다."

"퇴로는 열어주겠다."

"견딜 수 없으면 강을 건너란 뜻이군요."

"그 정도로도 우린 정말 많은 것을 얻을 수 있을 테니까."

"그런가요?"

적풍이 물었다.

"이제 곧 현월문주가 이 싸움에 개입할 것이다."

"그러고 보니 그가 보이지 않는군요. 그로서는 칠왕의 땅 내부에서 궤멸적인 내전이 일어나는 것을 원치 않을 텐데요."

"두 가지 가능성이 있다. 그가 나타나지 않는 이유로."

"어디선가 지켜보고 있다는 건가요?"

"음."

적황이 고개를 끄떡였다.

"이유가 뭡니까?"

"하나는 아직 그 수로라는 젊은 법사가 말한 마룩의 정념을 깨운 자에 대해 제대로 알아내지 못했거나, 혹은 이 싸움을 통해 오히려 칠왕의 땅 각 세력들이 자연스럽게 균형을 이뤄가길 바라는지도 모르지."

"전쟁을 통한 힘의 균형이라… 나쁜 것은 아니지요. 힘의 우열이 드러나면 그만큼 협상도 빠를 테니까요."

적풍이 고개를 끄떡였다.

"그러니 그전에 우린 저들의 최대한 밀어붙일 필요가 있어. 가장 좋은 것은 저들이 삼 일이 지나기 전에 강을 건너 물러가는 것이다. 그렇지 않다면 역시 힘으로 밀어내야겠지. 그쯤 되면 현월문주가 나타날 것이다."

적풍은 적황의 말을 들으면서 자신의 이 늙은 아버지가 자신이 생각하던 것과는 무척 다른 사람이라는 것을 깨달았다.

그는 지금까지 적황이 힘에 의한 지배, 강력한 힘으로 아바르를 정복하고 신혈족의 왕국을 세운 사람이라고 생각하고 있었다.

그런데 오늘 그의 이야기를 듣다 보니 강렬함 속에 감춰진 용의주도함을 느낄 수 있었다.

'역시 세상을 지배하는 것은 힘으로만 될 수 있는 것은 아니었군. 그렇다면 나와 어머니를 떠날 때도 제법 고민을 하셨을 거고.'

이상하게도 무황의 세심함을 알아채는 순간 그에 대한 원망이 조금은 풀리는 듯한 느낌이 들었다.

그에게 지금까지의 무황은 모자를 버릴 때 아무런 고민 없이 그 일을 결행한 사람 같았지만, 오늘 적풍은 과거 무황이 자신과 어머니를 두고 명계를 떠날 때 아픔 같은 것이 있었을 거란 생각이 들었다.

　그래서인가. 문득 이 사람을 돕고 싶다는 생각도 들었다.

　그러다가 문득 감상적으로 변한 자신에게 놀라 피식 실소를
흘렸다.

　"왜 웃느냐? 내 생각이 네게는 우습게 느껴지느냐?"

　"아닙니다."

　"그럼?"

　"그냥… 이 일에 너무 깊이 관여하게 될까 봐 걱정이 되는군
요."

　"걱정하는 얼굴은 아닌데?"

　"아닙니다. 정말 걱정됩니다. 전 십자성의 식구들이 최대한
이 땅의 일에 개입되지 않기를 원하니까요. 설혹 칠왕의 땅이
다시 야만이라 불리는 원주족의 땅이 된다고 해도 말이지요."

　"독한 놈!"

　적황이 못마땅한 듯 얼굴을 찌푸렸다.

　"하지만 한 사람만은 예외입니다."

　"무슨 말이냐?"

　"십자성의 무사 중 한 사람은 언제든, 그리고 당연히 이 일에
개입할 수 있다는 뜻이지요. 아니, 그러길 바라고 있습니다."

　"누구냐?"

　적황이 호기심을 드러냈다.

　"구룡입니다."

　"구룡! 그래, 그 아이라면……."

　무황은 마치 기다리고 있었다는 듯 기쁜 표정을 지었다.

"생각하고 계셨습니까?"

"솔직히 말하자면 그 아이가 널 따라 옥서스 무극산으로 갈 때 그 아이를 말렸다. 선천적인 지병이 완쾌된다면 이 땅에서 그 아이만큼 뛰어난 전사는 탄생하기 어려울 테니까."

"그렇지요. 정말 뛰어난 신력을 가지고 있습니다. 설루가 말하기를 구룡은 용암을 품고 있는 산과 같다고 하더군요. 그 기운이 완벽하게 발현되면… 무황께서도 감당하기 힘들 거라더군요."

"나도 그렇게 생각한다. 솔직히 말하자면 난 나 이외의 그 어떤 신혈족도 신검 없이는 신검주들을 상대할 수 없을 거라 생각했다. 그것이 나를 늘 초조하게 만들었지. 내 사후에 신혈의 아바르가 존속할 수 있을까 하는 걱정도 바로 그 이유에서였다. 그런데 완벽하게 치료된 구룡이라면 그 일도 가능할 것 같구나. 그 아이가 아바르의 전사로 남아준다면 누가 아바르의 제왕이 되어도 능히 칠왕의 후예를 상대할 수 있을 것이다."

"전 구룡이 아바르의 전사로 남는 것을 원하는 것이 아닙니다."

"그건 또 무슨 소리냐? 네 스스로 그 아이가 이 싸움에 뛰어들길 원한다고 하지 않았느냐?"

적황이 불만스러운 표정으로 말했다.

그러자 적풍이 정색한 얼굴로 신중하게 말했다.

"그 아이를… 아바르의 일개 전사가 아닌 무황의 후계자로 생각해 보시지는 않았습니까?"

순간 무황 적황의 얼굴이 굳어졌다. 적풍의 말은 그가 전혀 생각지 않은 문제였다.

그 스스로 이 싸움을 시작하기 전 자신의 후계자는 혈통의 구애를 받지 않을 거라고 선언했지만, 그래도 그의 마음속에는 적씨 혈통에 대한 일말의 미련이 남아 있었던 것이다.

"무황의 후계자라……. 어려운 문제군."

"하지 않으셨다면 지금이라도 생각해 보십시오. 신혈의 아바르를 위해."

적풍이 충고하듯 말했다.

"그럼 넌 뭘 할 것이냐?"

"구룡이 아바르의 제왕이 된다 해도 그 아이의 뿌리는 이제 십자성입니다."

순간 적황의 눈이 커졌다. 그러고는 놀란 표정으로 적풍을 돌아봤다.

"너……?"

"이게 제가 세상을 지배하는 방식입니다."

순간 적황은 적풍에게서 지금까지 볼 수 없던 세상을 지배하는 사자의 기운을 보았다.

세상의 시선으로부터 벗어난 검은 사자의 기운을.

제9장
강요된 휴전

예정대로 삼 일째 되는 날 공격이 시작됐다.

첫 충돌에서 양쪽의 전력 차이는 여실히 드러났다. 신혈의 아바르는 무섭게 공격했고, 신검주들이 이끄는 네 왕국의 전사들은 강변에 배수진을 친 형태로 방어에 치중했다.

물론 그들은 언제라도 강을 건너 후퇴할 수 있는 준비도 하고 있기는 했다.

아바르 강에는 그사이 숫자가 더 불어난 그들의 전선과 뗏목들이 마치 육지처럼 떠 있었다.

하지만 후퇴는 최후의 일이다. 네 왕국의 전사들은 절대 강변을 떠나지 않겠다는 듯 철옹성 같은 방어진을 구축하고 죽음을 불사할 전의를 가지고 아바르 전사들의 공격을 막아냈다.

적풍은 이 싸움을 보면서 왜 이 땅이 칠왕의 땅이었고 칠왕의 후예들이 수많은 굴곡과 실수를 하면서도 이 땅의 주인으로 군림해 왔는지를 알 수 있었다.

폭풍같이 몰아치는 아바르 전사들의 공격을 상대하는 칠왕의 전사들만의 자부심과 용기를 볼 수 있었던 것이다.

오만함과 용기를 구분 짓는 것은 모호하지만, 그동안 칠왕의 전사들에게서 느끼던 그 오만함이 오늘은 용기로 느껴졌다.

목숨을 걸 정도의 자부심, 그런 자부심이 있다면 칠왕의 전사들이 보인 오만함도 어느 정도는 인정해 줄 수 있지 않을까 하는 생각이 들 정도였다.

그러나 그 단단한 자부심의 방어진도 가끔 흔들릴 때가 있었다.

보통의 경우 아바르 전사들의 돌격은 대부분 적의 방어막에 막혀 무위로 끝나는 경우가 대부분이었다.

그런데 아주 일부의 경우 적의 방어선을 뚫고 적진 깊숙이 파고들어 적에게 적지 않은 손실을 입히고 나오는 아바르 전사들도 있었다.

물론 그런 경우 사방에서 반격하는 칠왕의 전사들로 인해 재빨리 적진을 벗어나야 했지만, 그래도 그렇게 한 번씩 방어선이 돌파될 때마다 칠왕의 진영은 크게 흔들리곤 했다.

만약 이런 돌파가 계속해서 이어지면 결국 어느 순간에는 모래성이 허물어지듯 칠왕의 진영이 허물어질 수도 있었다.

그리고 그런 돌파의 상황에서 가장 자주 모습을 보이고 가장 큰 성과를 얻어내는 젊은 전사 한 명이 아바르 전사들의 눈길을 사로잡기 시작했다.

구룡이었다.

구룡의 신력은 사람들이 알고 있는 것보다 훨씬 대단했다. 과거 그는 한 번 신력을 폭발시키면 며칠을 시체처럼 누워 지내야 하는 몸을 가지고 있었다. 만약 제대로 회복되지 않으면 그대로 죽을 수도 있는 몸이었다.

그런 몸을 가지고 있었기에 구룡은 어느 싸움, 어떤 전장에서도 자신의 모든 힘을 드러낼 수 없었다.

그런 그가 설루의 치료로 자신의 기운을 어느 정도 통제할 수 있게 되자 드디어 드러나지 않던 그의 가치가 이 싸움을 통해 고스란히 드러나고 있었다.

구룡은 석불성의 전사들과 함께 정확히 하루에 두 번 적진을 향해 돌진했다.

그가 출병하면 반드시 적의 방어선이 돌파됐고, 그는 적선 가까이까지 전진하며 적을 혼란에 빠뜨린 후 폭풍 같은 속도로 적진을 벗어나곤 했다.

첫날 그가 적진을 향해 돌격할 때는 적풍의 도움이 있었다.

적풍 자신이 구룡과 함께 적진을 돌파한 것은 아니지만 적풍은 와한과 파간 두 젊은 십자성의 고수로 하여금 구룡을 뒤에서 돕게 했다.

본래 와한과 파간은 명계의 초원 출신이라 기마에 능하고 전진을 돌파하는 데에도 탁월한 능력이 있었다.

더군다나 교벽을 통과하며 각성한 신혈의 기운은 그들에게 구룡 못지않은 능력을 갖게 만들었다.

신혈의 기운을 최고조로 발현할 수 있는 세 명의 젊은 고수, 구룡과 와한 그리고 파간의 돌진은 다른 아바르 전사들의 돌진과는 차원이 다른 것이었다.

그들은 마치 거대한 바위가 굴러들어 가듯 적의 방어선을 유린한 후 적 진영에 큰 상흔을 남긴 채 되돌아 나옴으로써 아바르 전사들 중 처음으로 성공적인 돌진을 이뤄냈다.

하지만 와한과 파간의 합류는 그 한 번으로 끝이었다.

이후에 두 사람은 적풍이 있는 곳으로 돌아왔다. 그러나 그것만으로도 그들이 구룡에게 준 도움은 충분했다.

한 번 적진을 돌파해 본 구룡과 석불성의 전사들은 연이어 적진을 헤집어 놓고 있었다.

그렇게 이틀이 지나자 조금씩 특별한 변화도 일어났다.

구룡이 적진을 향해 돌진할 준비를 할 때가 되면 그의 주위로 사람들이 모여들었다.

특별한 용기를 지녔거나 혹은 며칠간 보여준 구룡의 영웅적인 활약에 감복한 사람들이 스스로 구룡을 따라 적진을 공격하려 자원한 것이다.

그래서 처음 석불성의 전사 이십여 명을 데리고 시작한 구룡의 돌진은 어느새 규모가 오십여 명으로 늘어나 있었다.

그리고 그렇게 합류한 전사들은 하나같이 용기 있고 뛰어난 전사들이었다.

출신도 다양해서 누구는 오래전부터 구룡과 안면이 있는 사람이기도 했고, 전혀 얼굴을 모르던 사람도 있었다.

또 아바르의 수십 개 성 중 한 성의 성주를 맡고 있는 인물의 혈육도 있었고, 그저 평범하게 살아가는 일개 전사이던 사람도 있었다.

그러나 어쨌든 그렇게 다양한 출신으로 구성된 구룡의 돌격대는 서서히 싸움의 양상을 변화시키는 단계에까지 성장해 있었다.

그런데 구룡의 돌격대가 사람들의 주목을 받으며 강력한 집단으로 성장해 갈수록 한 사람의 존재감이 은연중에 커져갔다.

적풍이다.

구룡과 그들의 돌격대는 아바르의 본진에 머물고 있었지만 구룡은 적진을 공격할 때면 언제나 그렇듯 십자성의 깃발을 들었고, 돌파하고 돌아오면 반드시 아바르 본진과 거리를 두고 떨어져 있는 적풍을 찾았다.

그러고는 한동안 적풍의 진영에서 머물다가 다시금 아바르의 본진으로 돌아가곤 했다.

구룡의 그런 행동은 아바르의 전사들에게 구룡 자신이 십자성의 사람임을, 그가 아바르의 충실한 전사이면서도 자신의 맹세대로 적풍의 수하임을 분명하게 각인시켰다.

그렇게 구룡의 성장이 적풍의 존재감으로 이어지면서 싸움은 어느새 사흘째를 맞이하고 있었다.

그리고 그즈음 다시 정세에 영향을 줄 새로운 변화가 일어났다.

둥둥둥!

아바르 본진에서 큰 북소리가 울리자 사람들의 시선이 일제히 구룡이 이끄는 돌격대로 향했다.

어느새 구룡이 수십 명의 전사들과 함께 말에 오르고 있었다.

"또 가려나 본데요?"

멀리서 구룡의 돌격 준비를 바라보고 있던 이위령이 혀로 입술을 축이며 말했다.

마치 맛있는 음식을 앞에 두고도 먹을 수 없는 자의 표정 같았다. 이위령은 당장에라도 구룡의 돌격대에 합류해 마음껏 적진을 유린하고 싶은 충동을 억누르고 있었다.

그리고 그런 싸움에 대한 열망은 이위령뿐 아니라 적풍 주위에 있는 십자성의 고수 모두가 느끼고 있었다. 그들의 심장에 흐르는 뜨거운 신혈의 피가 만들어내는 전의였다.

"하루도 쉬지를 않는군요."

소두괴도 아쉬운 표정으로 말했다.

"성주님, 한 번쯤 허락해 주실 수 없습니까?"

이위령이 못 참겠다는 듯 적풍을 보며 소리쳤다.

"이 싸움은 구룡의 싸움이야."

적풍은 단호했다. 적풍의 단호함에 이위령이 멀쑥한 표정으로 입을 닫았다.

그런데 그때 갑자기 진영 외부에 나가 있던 파간이 달려왔다.

"성주님!"

진영 안으로 달려들어 오면서 파간이 적풍을 찾았다.

"무슨 일인데 호들갑을 떨어?"

머쓱해 있던 이위령이 상한 기분을 풀려는 듯 파간에게 호통을 쳤다.

"구원군이 또 왔습니다."

"어느 쪽 구원군?"

질문은 여전히 이위령이 했다.

"아바르 쪽이요. 일황자와 이황자께서 드디어 나타나셨습니다. 아마도 싸움에 참여하려는 것 같습니다."

파간의 말에 장내 사람들의 표정이 변했다.

일황자 적룡과 이황자 적호가 왔다는 것은 이 싸움을 끝낼수 있는 큰 변수였다.

그동안 두 사람은 황벽산 인근에서 느리게 움직이고 있었다. 속도를 냈다면 아마도 적황보다도 먼저 적화우를 구원했을 테지만, 그들은 자신들 세력의 피해를 우려해 황벽산으로의 전진을 늦추고 있던 것이다.

그것이 결국 적황을 분노하게 했고, 또한 아바르 전사들의 신뢰를 상실하게 되는 큰 실책이 되고 있었다.

그들도 이젠 이런 아바르 전사들의 변화를 들어 알고 있을 것이다. 그러니 이제는 오히려 싸움에 참여하는 일이 급해진두 사람이었다.

"참 빨리도 오는군."

이위령이 냉소를 흘렸다.

"그러게 말입니다. 이미 실기를 한 것을."

소두괴가 혀를 찼다.

"아마 지금이라면 구룡이 두 황자보다 더 인기가 많을걸."

이위령이 말했다.

"아마 그럴 겁니다. 하지만 어쨌든 두 분이 도착했으니 싸움은 길지 않겠군요. 두 분 황자께서도 구룡이 한 일을 알고 있으니 그 이상의 전과를 올리기 위해 최선을 다할 겁니다."

"그렇긴 하겠지. 볼만하겠어."

이위령이 기대를 담은 눈으로 아바르 진영을 향해 시선을 돌렸다.

일황자 적룡과 이황자 적호는 각기 일천 명의 정예 전사를 이끌고 아바르 본진에 합류했다.

그리고 합류와 동시에 적에 대한 공격에 나서겠다는 뜻을 적황에게 나타냈다.

적황은 그런 두 사람의 뜻을 그대로 받아들였다. 덕분에 두 사람은 아바르 본진에 도착하자마자 네 왕국의 전사들을 향해 공격을 퍼붓기 시작했다.

그리고 그 때문인지 구룡의 돌격은 멈췄다.

적룡과 적호의 공격은 구룡의 공격과 달리 수천의 전사들을 이용한 전면적인 공격이어서 구룡의 돌격과는 어울리지 않았다. 그 때문인지 두 황자가 나서자 구룡은 자신을 따르는 전사들을 뒤로 물리고 두 황자의 싸움을 지켜보고 있었다.

전세는 녹록치 않았다.

적룡과 적호는 선두에서 전사들을 독려했지만 네 왕국 전사들의 방어막은 철옹성처럼 단단했다.

칼을 들이밀 듯 전진을 돌파하던 구룡과 달리 전사들의 숫자로 밀어붙이는 두 사람의 공격은 전혀 효과를 보지 못하고 있었다.

팽팽한 대치, 양쪽에서 제법 많은 희생자가 나왔지만 전선의 균형은 쉽게 무너지지 않았다.

그리고 급기야 해가 지고 날이 어두워지자 두 황자는 결국 전사들을 뒤로 물리고 공격을 중지할 수밖에 없었다.

싸움은 승패를 가리지 못하고 끝났다. 하지만 싸움이 끝나고 나자 석림 등 네 왕국 전사들의 사기가 크게 올라갔다.

아바르 두 황자가 이끄는 정예 전사들의 공격을 막아냈다는 것이 그들에겐 마치 싸움에서 이긴 것만큼이나 대단한 성과로 느껴진 것이다.

덕분에 그날 밤 양쪽 진영의 분위기는 묘하게 갈렸다.

아바르 진영에선 두 황자에 대한 곱지 않은 시선까지 겹쳐서 무거운 분위기가 이어졌고, 네 왕국의 진영은 가끔씩 호기로운 웃음소리가 터져 나올 만큼 활기찼다.

그러나 네 왕국의 전사들이 승리하지 않고도 승리한 것 같은 기분에 취해 있을 수 있는 시간은 오직 단 하룻밤만 허락됐다.

다음 날 아침 아바르의 수천 전사들이 지금까지와 달리 전면전을 위해 그들 앞에 도열했을 때, 그들은 더 이상 이 싸움을 지속할 수 없다는 것을 깨달았다.

그건 네 왕국의 전사들만의 깨달음이 아니었다. 네 명의 신검주 역시 이 싸움을 더 이상 지속할 수 없다는 것을 알고 있었다.

그러나 그렇다고 이대로 싸워보지도 않고 강을 건너 도주할 수도 없었다. 그들에겐 최소한 황벽산에서 제압된 네 왕국의 전사들을 아바르 땅에 놓아두고 후퇴할 명분이 필요했다.

그리고 그 명분은 아마도 이 아바르 강변에서 흘리게 될 네 왕국 전사들의 피일 것이다.

그렇게 네 명의 신검주가 네 왕국 전사들의 피로서 후퇴할 이유를 만들고자 패배가 예정된 싸움을 하기 위해 나섰다.

네 왕국 전사들 앞으로 나선 신검주들의 위용은 대단했다. 비록 패배가 예정된 싸움을 한다지만 그들이 뿜어내는 신검의 기운은 당장 아바르 강변을 압도했다.

그러나 무황 적황은 결코 신검의 기운에 굴복할 사람이 아니었다.

"전진한다! 전열을 흩트리지 말고 그대로 적진을 돌파하라. 저들은 결국 이 땅을 떠나고 말 것이다!"

적황의 명이 떨어지자 아바르 전역에서 몰려온 신혈의 전사들이 적진을 향해 천천히 밀려가기 시작했다.

"제길, 정말 흥분되는구만."

두 개의 거대한 세력이 격돌하는 순간은 신혈족이 아니라 그 누가 봐도 흥분되는 순간이다.

이위령은 두 손을 비비며 전장에서 눈을 떼지 못했다.

"가봐야지 않겠습니까?"

소두괴가 적풍에게 물었다.

아무리 이 싸움에서 뒤로 물러나 있겠다고 했지만 그래도 무황이 출전하는 싸움이다. 자식으로서 뒤로 물러나 있을 수만은 없는 상황이라는 것이 소두괴의 생각이었다.

그러나 적풍은 고개를 저었다.

"아니, 갈 일 없다."

"성주님, 그래도 성주님의 아버님이신데… 더군다나 구룡도 있고 말입니다. 자칫 잘못하면……."

상대가 신검주들이라면 전쟁에서 이겨도 누군가 중요한 사람이 죽을 수도 있었다. 그런 위험을 생각하면 적풍이 나서는 것이 결코 나쁜 일은 아니었다.

"싸우기 싫어서가 아니라 싸울 일이 없기 때문이야."

적풍이 담담하게 말했다.

"그게 무슨 말씀이십니까? 싸울 일이 없다니요? 이제 곧 피가 강을 메울 지경이 될 텐데요?"

이위령이 의아한 표정으로 물었다. 그러자 적풍이 손을 들어 네 왕국의 전선으로 가득 찬 아바르 강의 한 지점을 가리켰다.

"그가 오고 있어."

적풍의 말에 사람들이 일제히 적풍의 손이 가리키는 곳을 바라봤다.

강 위에 한 척의 배가 떠 있다.

크기로 보자면 아바르 강에 떠 있는 네 왕국의 전선에 가려 제대로 보이지도 않을 정도였으나 이상하게도 십자성 고수들에게는 그 작은 배가 다른 어떤 큰 전선보다도 명확하게 보였다.

검은 돛을 달고 있고 십여 명의 사람이 타고 있었다.

먼 거리에서조차 그 작은 배에 타고 있는 사람들의 존재감은 대단했다. 마치 땅 위에서 분란을 일으키는 존재들을 살피러 내려온 신선들처럼 그렇게 그들은 작은 배를 타고 전선과 뗏목이 가득한 아바르 강을 건너고 있었다.

그리고 잠시 후 십자성 고수들은 그들의 존재감이 어디서 생기는 것인지를 깨달았다.

그들 스스로 특별한 기운을 지니고 있기도 했지만, 그것보다는 그들이 탄 작고 검은 배를 대하는 네 왕국 전사들의 태도 때문이라는 것을 금세 알 수 있었다.

전선 위에서, 혹은 뗏목 위에서 아바르 강변에서 벌어질 피의 전쟁을 우려의 시선으로 바라보고 있던 네 왕국의 전사들은 검은 배가 나타나는 순간 마치 그들이 기다리던 구원군이 온 것처럼, 혹은 그들을 구해줄 구세주가 온 것처럼 검은 배가 지나갈 길을 열어주었다.

검은 배가 그들을 지나칠 때는 어김없이 고개를 숙여 존중의 마음을 보이기도 했다.

그런 네 왕국 전사들의 행동은 검은 배가 아바르 강변에 도착할 때까지 이어졌다.

그리고 그들이 배에서 내렸을 때 강변에서 철옹성 같은 방어막을 구축하고 신혈의 아바르 전사들과 일대의 큰 싸움을 준비하고 있던 네 왕국의 전사들이 기꺼이 전열이 흐트러지는 것을 감수하며 그들에게 길을 내주었다.

현월문주 가륵과 그를 수행하는 현월문의 법사들이 드디어

이 전장에 도착한 것이다.

"무황, 내게 하루의 시간을 주시겠소?"

현월문주 가륵이 전장에 도착한 후 처음 한 말이다.

적황은 아바르의 노회한 검은 전사들의 호위를 받으며 전장에 나와 있었다. 그는 무심한 눈으로 자신을 향해 소리치는 가륵을 바라보고만 있었다.

"왜 시간을 달라는 거요?"

무황을 대신해 단우하가 물었다.

"이 싸움을 멈출 기회를 달라는 것이오."

가륵이 말했다.

"가능하겠소? 저들은 여전히 이 땅에서 물러가고 있지 않은데?"

"그러니 시간을 달라는 것이오. 하루면 되오. 현월문의 이름으로 요청하오. 무황, 하루의 시간을 내게 주시오."

가륵이 다시 무황 적황을 보며 말했다.

그러자 적황이 천천히 입을 열었다.

"현월문주시라면 충분히 그럴 자격이 있소. 하루의 시간, 어찌 내어주지 못하겠소. 대현월문의 요구인데. 물러난다."

무황이 아바르의 전사들에게 명을 내렸다. 그러자 아바르의 전사들이 검을 거두고 느리게 자신들의 진영으로 물러갔다.

"좋은 결과 기대하겠소."

전사들을 물린 적황이 가륵에게 말하고는 말머리를 돌려 자신의 진영으로 돌아갔다.

그렇게 무황까지 물러나자 네 왕국의 전사들 역시 긴장을 풀기 시작했다. 그리고 누구보다 먼저 네 명의 신검주가 각자의 진영을 벗어나 현월문주 가륵에게로 다가왔다.

"어서 오시오, 문주! 때맞춰 잘 와주셨소이다!"

가장 먼저 가륵 앞에 도착한 바람의 왕국 제왕인 장유황이 진심으로 기쁜 표정으로 가륵을 맞았다.

그러나 가륵의 표정은 그 어느 때보다도 차갑고 냉정했다.

"결국 일을 벌이셨구려."

"음, 그건 미안하게 됐소."

가륵의 추궁에 장유황이 멋쩍은 표정으로 대답했다.

"결과에 대한 책임을 지셔야 할 거요."

가륵이 다시 말했다. 그러자 뒤늦게 도착한 천인총의 사삼우가 못마땅한 표정으로 물었다.

"대체 무슨 책임을 져야 한다는 것이오?"

사삼우의 물음에 가륵이 그를 바라보며 말했다.

"나를 통해 칠왕의 전사들이 안전해지려면 그만한 대가를 치러야 할 것이란 뜻이오. 내 충고를 무시한 대가로서 말이오. 그 대가가 가볍지는 않을 것이오."

가륵이 한 치의 틈도 보이지 않는 날카로운 표정으로 네 명의 신검주에게 경고했다.

적황이 적풍을 부른 것은 그날 밤 자정이 다 되어서였다.

적풍은 막사에서 나와 자신을 데리러 온 단우하의 뒤를 따라 걸었다. 강변 초원의 밤은 습기로 가득했다.

습기 속에서 며칠간 이어진 공방전으로 인해 혈향이 묻어나는 듯도 했다.

그 냄새가 느껴지자 절로 얼굴이 찌푸려진다.

생각해 보면 신혈의 기운이 원하는 것은 누군가의 피가 아닐 것이다. 단지 무엇인가를 향해 터뜨리고 싶은 열정의 뜨거움일 뿐일 수도 있었다.

'모두가 오해하고 있는지도⋯⋯.'

밤공기에서 묻어나는 혈향에 고개를 저으면서 적풍은 생각했다.

지금까지 신혈족의 그 강렬한 기운을 단지 누군가를 향한 투지, 혹은 전의로 생각한 것이 어리석게 느껴질 정도였다.

혈향을 싫어하는 전의(戰意)가 어디 있던가.

"후우!"

적풍이 자신도 모르게 한숨을 내쉬었다. 그러자 앞서가던 단우하가 걸음을 멈추고 적풍을 돌아봤다.

"걱정이 있으십니까?"

단우하의 물음에 적풍이 상념에서 깨어났다,

"아니오."

"그럼 왜 그렇게 깊은 한숨을⋯⋯?"

단우하가 걱정스러운 표정으로 물었다.

"생각보다 일정이 길어지고 있어서 말이오. 십자성은 아직 완성되지 않았는데⋯⋯."

적풍이 말꼬리를 돌렸다.

그러나 그렇다고 적풍의 말이 허튼 말은 아니었다. 비릿한 혈향의 역겨움이 느껴지는 순간 옥서스 무극산의 십자성이, 그 성에서 자신을 기다리고 있을 설루와 적사몽이, 그리고 다른 십자성의 형제들이 갑작스럽게 그리워지는 적풍이다.

평소의 적풍과는 어울리지 않는 감상이다. 그런 변화를 단우하는 날카롭게 포착했다.

"이 싸움이 마음에 들지 않으시는군요?"

단우하의 물음에 적풍이 이 노인은 참 무시할 수가 없구나 하는 생각을 하면서 대답했다.

"그렇소."

"좀 지루하긴 했지요."

"이젠 끝날 것 같소?"

적풍이 물었다.

자신을 데리러 올 정도면 무황 적황에겐 이미 이 싸움을 어떤 방식으로 끝내겠다는 계획이 섰을 것이다. 그리고 아마도 그 와중에 자신에게 원하는 것이 있을 것이다.

그것 역시 귀찮은 일이다.

"아마도 그럴 것 같습니다."

"어떤 거래가 이뤄지는 거요?"

"아주 오랜 숙원, 신혈의 아바르를 세우고 칠왕의 땅에서 그 누구도 넘볼 수 없는 힘을 가졌으면서도 이루지 못한 일 하나를 해결할 수 있을지도 모르겠습니다."

"그게 뭐요?"

단우하의 말에서 느껴지는 가벼운 흥분이 적풍의 호기심을 자극했다.

"신혈의 아바르가 선 이후에도 각 왕국에는 여전히 신혈의 피를 지닌 채 노예로 살아가는 사람들이 존재합니다."

"이야기는 들었소."

"무황께선 이번 기회에 그 일에 종지부를 찍으려 하십니다."

"그럼 황벽산에서 사로잡은 일천의 적을 그들과 교환하겠다는 것이겠구려."

"교환이 아니지요. 칠왕의 왕국에 있는 신혈족의 숫자나 상태는 제대로 알려지지 않았으니까요."

"그럼 어쩌겠다는 것이오?"

"무황께서는 이번 기회에 신혈족을 오랜 굴레로부터 온전히 자유롭게 하려 하십니다. 칠왕의 선언을 받아내는 것이지요. 향후 신혈족을 노예로 삼는 일이 없을 거라는."

"그들이 동의하겠소?"

"수십 년 전이라면 모르겠습니다만 이번에는 동의할 겁니다."

단우하가 확신했다.

"그렇게 생각하는 이유가 뭐요?"

"과거 그들이 신혈족을 포기할 수 없던 이유는 각 왕국의 경제적 기반이 신혈족의 노동력에 의존했기 때문입니다. 하지만 신혈의 아바르가 선 이후 거의 대부분의 신혈족은 아바르로 들어왔지요. 칠왕의 왕국들이 쇠락한 것은 그 이유가 컸습니다. 반면 그런 사정 때문에 지금 그들의 재정은 신혈족의 노동력에 크게 의지하지 않습니다. 신혈족의 자유를 선언해도 손해 볼 것이 없다는 것이지요."

단우하의 말에 적풍이 고개를 끄떡였다.

"결국 신혈의 아바르가 선 이후에는 자존심 문제였다는 것이구려."

"그렇습니다. 이 땅의 지배자라는 그 자존심 때문에 칠왕은 실질적인 이득이 없으면서도 일부의 신혈족을 노예로 부리고 있던 겁니다."

"그렇다면 설득이 될 수도 있겠구려."

"그렇습니다. 더군다나 신혈족의 자유로운 신분을 보장하고 그들에게 정당한 대가를 지불하겠다고 하면 일부의 신혈족은 다시 옛 삶의 터전인 각 왕국으로 돌아가 일할 수도 있습니다. 그렇게 되면 칠왕의 왕국은 오랫동안의 재정적 어려움에서 벗어날 수 있을 겁니다."

"결국 자존심을 버리고 실리를 택하는 것이구려."

"그렇지요. 명분도 있지 않습니까? 아바르의 포로가 된 전사들을 구하기 위해서라는."

"후후후, 그들로서는 생각지 않은 이득인가?"

"그렇습니다. 더군다나 현월문주는 이런 거래를 충분히 성사시킬 능력이 있는 사람이지요."

"아무튼 좋소. 그래서 내가 필요한 이유는 뭐요?"

적풍이 물었다.

그러자 단우하가 신중한 어조로 말했다.

"현월문주의 계획은 생각보다 단순하더군요. 다시금 예전 칠왕의 시대를 재현하는 것이 그의 계획입니다. 일곱 왕국이 온전하던 칠왕의 시대만큼 이 땅이 평화롭던 시절은 없었으니까요. 물론 우리 신혈족에게는 굴욕의 역사지만 말입니다. 그러자면 자연히 일곱 개의 신검이 필요합니다."

"신검을 내놓아야겠구려."

적풍이 무덤덤하게 말했다. 신검에 대한 욕심이 전혀 없는 사람처럼 느껴질 정도이다.

"내놓으시겠습니까?"

단우하가 걸음을 멈추고 깊은 눈으로 적풍을 보며 물었다.

"무황께서 필요하다면 드리겠소."

"아마도 무황께선 신검이 아니라 사황자님이 필요하실 겁니다."

"그 일은 이미 결론이 나지 않았소? 난 아바르의 권력에는 관심이 없소."

"상관없습니다. 십자성주라는 신분으로서 신검을 가지고 계셔도 됩니다. 다만 어떤 경우든 신검의 주인으로서 칠왕의 땅역사에 개입하셔야 한다는 것이 문제지요."

"아바르의 사황자가 아니라 십자성주의 신분으로 신검의 주인이 되란 말이구려."

"그렇습니다."

"그렇게까지 위험한 상태요?"

적풍이 물었다.

이 이야기는 지금 아바르 강변에서 벌어지고 있는 네 왕국과아바르의 전쟁과는 전혀 다른 이야기였다.

지금 적풍이 묻고 있는 것은 고대의 대마법사 마룩의 정념을 깨운 자들에 대한 이야기였다.

"그렇습니다. 일곱 개의 신검, 그것이 모이지 않으면 감당하기 쉽지 않은 일인 듯합니다. 그 때문에 칠왕도, 또 무황께서도 많은 양보를 하시게 될 것 같습니다."

단우하가 걱정스럽게 말했다.

"대체 어떤 자들이기에……?"

"자세한 것은 현월문주에게 직접 들으시기 바랍니다."

"와 있소?"

"그가 직접 사황자님을 뵙기를 청했습니다."

"그랬구려. 알겠소. 일단 그를 만나봅시다."

무황 적황과 현월문주 가륵은 어둠 속에서 적풍을 기다리고 있었다. 적풍이 무황의 막사로 들어서자 두 사람이 하던 말을 멈추고 적풍을 바라봤다.

"왔느냐?"

적황의 말에 적풍이 가볍게 고개를 숙여 보였다.

"오랜만이오, 사황자."

가륵도 적풍에게 아는 척을 했다. 적풍은 그런 가륵에게 시선을 한 번 주고는 대답도 하지 않은 채 두 사람에게 다가갔다.

가륵은 묘한 감정이 드러나는 표정으로 다가서는 적풍을 바라봤다.

"찾으셨습니까?"

적풍에게 가륵은 철저히 외인이었다.

물론 현월문주는 이 땅에서 가장 중요한 위치에 있는 사람이다. 칠왕도 무황 적황도 그 사실은 언제나 인정한다.

하지만 그런 그조차 적풍에게는 그저 한 명의 술사에 지나지 않는 대접을 받고 있었다. 그러나 가륵은 적풍의 태도에 동요하지 않았다. 이미 신혈제일성에서 자신에 대한 적풍의 홀대를 충분히 경험했기 때문이다.

"음, 상의할 일들이 좀 있구나."

적황이 고개를 끄떡였다.

"거래가 된 것입니까?"

적풍이 다시 물었다.

"거의 조율되어 가고 있다. 신혈족은 이제 이 땅에서 영원히 자유로울 것이다. 또한 신혈의 아바르 역시 영원히 존속할 것이다."

적황은 조금 들뜬 모습이었다.

그런 적황의 모습은 쉽게 볼 수 없는 것이어서 이 거래가 그에게 얼마나 큰 기쁨을 주는 것인지 여실히 드러났다.

그럴 만도 했다. 그는 자신의 사후를 위해 칠왕의 왕국에 대한 대원정까지 계획한 사람이다.

그런데 이 한 번의 싸움으로 그가 걱정하던 아바르의 미래는 물론 신혈족의 완전한 자유를 신검주들로부터 약속받을 수 있게 되었으니 그로서는 최선의 결과를 얻은 것이나 마찬가지였다.

"사람의 약속은 믿을 게 못 되지요."

적풍이 적황의 흥분을 식히는 말을 했다. 그러자 가륵이 끼어들었다. 그는 적황이 이 거래에 어떤 의심이나 망설임을 갖는 것을 원치 않는 듯했다.

"물론 사람의 마음을 믿을 수는 없지만, 그래도 사람 사이의 약속만큼 세상을 안정시키시는 것도 없소. 이 약속은 신검주들은 물론 우리 현월문에서도 보증할 것이니 보통 사람들의 약속과는 다를 것이오."

"부디 문주의 말대로 이 거래가 영원하길 바라겠소."

적풍이 냉소적으로 대답했다.

"옥서스 무극산은 어떠하오?"

가륵이 적풍과의 논쟁을 피하려는 듯 무극산에 대해 물었다. 그가 십자성의 새로운 성터로 추천한 곳이니 당연히 궁금한 일이기도 했다.

"만족하오. 솔직히 아주 좋았소."

적풍이 이번만큼은 가볍게 미소를 지어 보였다.

"다행이구려."

가륵 역시 미소로 대답했다.

"그런데 기이한 땅이기는 하더구려. 기후는 분명 온화한데 북쪽에 강력한 음한지기를 지닌 설산이 있더구려."

"설봉 말이구려. 사실 우리에게도 처음부터 의문의 대상이던 산이라오."

가륵이 고개를 끄떡였다.

"뭐, 설봉의 존재가 나쁜 것은 아니오. 마르지 않는 샘을 가진 셈이니."

"그렇기도 하겠구려. 그런데… 안 좋은 소식도 있소. 옥서스에 관해서 말이오."

"……?"

가륵의 말에 적풍의 얼굴이 굳어졌다. 옥서스 무극산 십자성에 자신이 모르는 일이 벌어졌나 싶은 것이다.

"카말의 숲에서 시작된 원주족들의 움직임이 북해를 지나 침묵의 강 하류로 이어지고 있소. 그들이 만약 칠왕의 땅을 공격한다면 결국 침묵의 강을 따라 올라올 것인데 그 끝에는… 아시다시피 옥서스가 있소."

"어디까지 왔소?"

적풍이 차갑게 굳어진 얼굴로 물었다.

"지금까지 눈으로 확인된 것은 원주족 중 일부가 강 하류를 살피는 정도요. 그러나 카말의 숲에 모인 원주족들의 진로가 그 방향이 될 것은 분명하오. 기운의 흐름이 그렇게 가리키고 있소."

가륵이 대답했다.

그러자 적황이 물었다.

"역시 그들은 단순히 칠왕의 땅에 있는 왕국들만 노리는 것은 아니구려."

"아쉽게도 그렇소."

가륵이 고개를 끄떡였다.

"무슨 말씀이십니까?"

적풍이 두 사람의 대화를 알아듣지 못하고 되물었다. 그러자 적황이 침착하게 설명했다.

"단순히 그들이 수백 년 전 빼앗긴 칠왕의 땅을 되찾는 것이 목적이라면 쿰의 북쪽이나 남쪽을 넘어 석림이나 오손, 혹은 천인총으로 오는 것이 좋은 진로다. 북쪽의 진로는 무척 험하지. 배를 이용해야 하거나 숲을 베어 길을 만들어야 한다. 그런데 그들은 수전에 능숙하지 못하다. 더군다나 북쪽으로 전력을 이동시키면 쿰을 횡단한 칠왕의 전사들에게 카말의 숲에 있는 본거지가 공략당할 수도 있다. 그럼에도 그들이 북쪽의 진로를 택한 것은 역시… 현월문 때문일 것이다."

적황이 마지막 말을 하고는 가륵을 바라봤다. 그러자 가륵이 잠시 침묵을 지키다가 적풍에게 말했다.

"마룩의 정념을 깨운 자는 칠왕의 땅 그 이상을 원할 것이오."

"밀교의 문을 말하는 것이오?"

적풍이 물었다.

"그렇소. 과거 마룩이 원한 것이 바로 그것이었으니까. 그가 멸망한 이유이기도 하고. 그래서 누구라도 마룩의 정념을 얻은 자라면 현월문이 존재하는 한 자신이 이 땅의 영원한 지배자가 될 수 없다는 것을 알고 있을 것이오. 북해를 지나 침묵의 강을 따라 올라와 옥서스에 이르면 현월문과 칠왕의 땅을 갈라 현월문을 고립시킬 수 있소. 물론 이후 그자가 어느 쪽으로 먼저 검을 겨눌지는 알 수 없지만 말이오. 어쨌든… 궁극의 목표는 밀교의 문일 것이오."

가륵이 어두운 표정으로 말했다.

"그래서 결국 옥서스의 십자성이 위험하다?"

"그들이 침묵의 강 상류까지 진격하면 그럴 것이오. 결국 그 전에 그들의 전진을 막고 그자를 제거해야 하오."

"누군지는 알아냈소?"

적풍이 물었다.

"정확한 것은 확인하지 못했으나 지난 몇 달 동안 은밀히 카말의 숲에 잠입해 야수족들의 동정을 살핀 법사들의 의견을

종합해 보면 원주족 중 신비일족으로 불리는 드루족의 카르가 마룩의 정념을 깨운 자로 짐작되오.”

“드루족의 카르라……."

“그자에 대해서는 더 알아봐야겠지만 아무래도 혼마 사타의 후예인 것 같다는 의견이오.”

“혼마 사타라면 이십팔룡의 그 혼마 사타 말이오?”

“그렇소. 역시 짐작대로 혼마 사타는 마인 토곤의 난 이후 드루족을 찾아갔던 것 같소. 드루족은 여러모로 그와 잘 어울렸을 것이오. 사술에 능한 종족이니.”

“만약 그랬다면 참으로 공교로운 일이구려. 마인 토곤의 발호를 막기 위해 끌어들인 이십팔룡 중 한 명이 마인 토곤의 뿌리인 드루족의 사람이 되었으니.”

“그러게 말이오. 사람의 일은 참 예측하기가 힘든 것 같소.”

가륵이 우울한 표정으로 중얼거렸다.

그날 적풍은 가륵에게서 그 옛날 이 땅에서 일어난 많은 일에 대해 들을 수 있었다.

그리고 결국 인정할 수밖에 없었다. 적어도 이번만큼은 자신도 이 세계의 일에 관여할 수밖에 없음을.

제10장
어둠의 전조

현월문주 가륵이 아바르 강변에 도착한 다음 날 정오 무렵, 무황 적황과 네 명의 신검주가 다시 만났다. 그런데 그들이 이번에 모인 곳은 처음 회합을 가진 북쪽 상류의 작은 야산이 아니라 양쪽이 팽팽하게 대치하고 있는 양 진영의 중간 지점이었다.

그곳에 순백의 천막이 세워졌고, 그곳으로 이 땅의 지배자들이 모여들었다.

회합을 주관하는 자는 현월문주 가륵. 그는 회합 장소를 최대한 성스럽고 신비롭게 보이도록 꾸몄다.

그리고 이 싸움에 참여한 모든 전사가 절대자들의 회합을 직접 자신들의 눈으로 볼 수 있게 만들었다.

그의 의도는 명확했다. 이 회합에서 이뤄진 결론이 누군가의 배신으로 뒤집혀지지 않게 하기 위함이다.

사람의 약속은 믿을 게 못 된다지만 수천에 이르는 칠왕의 전사들과 아바르 전사들이 보는 가운데 이뤄진 약속은 누구도 쉽게 깰 수 없기 때문이다.

그렇게 마치 족쇄와도 같은 회합 장소를 마련한 가륵의 의도대로 거래는 빠르고 정확하게, 그리고 아바르 강변에 모인 전사들이 모두 알 수 있는 상태에서 결론지어졌다.

화의를 위한 조건은 간단했다.

신혈의 아바르는 황벽산에서 사로잡은 네 왕국의 포로들을 돌려보내 주기로 했다. 그 대가로 네 왕국의 왕들, 신검주들은 신혈의 아바르가 선 이후에도 여전히 존재하던 노예 신분의 신혈족들에게 무조건적인 자유를 주기로 선언했다.

물론 이 거래는 아름답게 포장되었다.

한쪽의 강압에 의해 이뤄진 화의가 아니라 이 땅, 인간의 땅인 칠왕의 땅을 외부의 적으로부터 지키기 위해, 그리고 칠왕의 땅에 영구적인 평화를 가져오기 위한 아름다운 화해라고 가륵은 선언했다.

그러나 사람들은 알고 있었다.

이 화의가 성립된 이후에도 신혈족과 칠왕의 왕국들 사이에는 여전히 보이지 않는 벽이 존재할 것임을.

그러나 어쨌든 가륵의 주도 아래 화의는 성립됐다.

신검주들은 칠왕의 전사들을 데리고 즉시 아바르 강을 건너기로 했다. 그리고 아바르에 대한 기습적인 공격에 대해 사과했다.

무황은 대원정에 대한 완전한 포기를 약속함으로써 신검주들의 체면을 세워줬다.

그렇게 아바르 강변이 피로 잠길 대참사를 막은 가륵은 마지막으로 한 가지 제안을 더 신검주들과 무황에게 했다.

그리고 다섯 사람은 가륵의 제안을 그 즉시 수락했는데 적풍 역시 그 약속에서 자유로울 수 없었다.

왜냐하면 가륵과 무황이 두 개의 신검을 지닌 적풍을 칠왕의 땅의 한 지배자로 인정하기를 요구했고, 네 명의 신검주가 두 사람의 주장을 받아들였기 때문이다.

사실 거절할 명분도 없었다. 이미 두 개의 신검을 지닌 적풍이기에.

"벽루?"

적풍이 구룡에게 물었다.

"그렇습니다."

구룡이 대답했다.

"쓸데없는 짓을 하는군. 이곳에서 모든 협의를 끝내면 그만일 텐데 뭣 하러 다시 장소를 옮겨 시간을 허비하지?"

적풍이 못마땅한 표정으로 말했다.

구룡이 전한 바에 의하면 무황 적황과 신검주들은 칠왕의 땅이 탄생한 전설적인 장소 벽루에 모여 다시 한 번 이 땅의 미래에 대한 새로운 맹약을 논의하기로 했다고 한다.

그것이 가륵이 제시한 마지막 제안이었는데, 무황도 네 명의 신검주도 아무 반대 없이 그 제안을 수락했다는 것이다.

적풍으로서는 굳이 그 논의를 벽루까지 가서 하려는 것을 이해할 수 없었다.

모두가 모인 이곳에서 새로운 맹약을 탄생시키는 것이 여러 모로 편하고 수월한 일이기 때문이다.

"명분이 중요하니까요."

구룡이 대답했다.

"명분?"

"그렇습니다. 벽루의 맹약은 지금까지 이 땅을 지배한 절대적 권위를 지닌 원칙이었습니다. 신혈의 아바르조차도 그 맹약을 인정하지요. 그러니 그 맹약이 탄생한 곳에서 새로운 맹약을 맺을 수 있다면 그 맹약은 아마도 다시 수백 년 동안 이 땅의 절대적 법칙으로 작용할 겁니다."

구룡이 진지한 표정으로 대답했다.

"인간의 심리가 그렇다는 거지?"

적풍은 구룡과는 달리 그리 심각하지 않은 표정으로 물었다.

"그렇다고… 봐야지요."

"현월문주는 역시 사람의 마음을 이용할 줄 아는군."

"노련한 사람이지요."

구룡도 고개를 끄떡였다.

"그런데 벽루가 대체 어디 있지?"

적풍이 물었다.

"솔직히 말씀드리자면 저도 그 위치를 모르고 있습니다. 벽루의 위치는 오직 칠왕만이 알고 있고, 그들의 후계자들에게만 전해져 왔습니다. 칠왕은 이 땅의 운명을 결정해야 할 중요한 문제가 발생할 때만 벽루에 모여 미래를 논의한다고 합니다."

"그곳에서 회합을 한다면서? 그렇다면 이제는 알려줘야 하는 것 아냐?"

이위령이 구룡의 말을 듣고 있다가 불쑥 물었다.

"무황께는 알려드렸겠지요."

구룡이 대답했다.

"대충 어디쯤인지도 모르나?"

적풍이 다시 물었다.

그러자 구룡이 의아한 표정으로 되물었다.

"그 위치가 중요합니까? 어차피 가시게 될 텐데."

"음, 시간이 좀 날까 하고."

"옥서스 십자성에 들르시려고요?"

옆에서 소두괴가 물었다.

"시간이 난다면. 아무래도 신경이 쓰이는군."

"현월문주가 한 말 때문이시군요. 원주족들의 기운이 옥서스 방향으로 움직이고 있다는."

"음, 그에 대한 대비를 상의하고 벽루로 가고 싶은데."

"그럼 가능할지도 모르겠습니다."

구룡이 대답했다.

"근처란 뜻인가?"

"제가 알기로 벽루는 정령의 왕국이 있는 혜루안 인근에 있는 것으로 알고 있습니다. 옥서스와 혜루안은 그리 멀지 않지요."

"그렇다면 다행이군."

"하지만 무황께서 동행을 원하실 텐데요?"

구룡이 되물었다.

"내겐 언제나 십자성이 우선이지."

적풍이 대답했다.

하루가 다시 지나고 피의 광기가 휩쓸 것 같던 아바르 강변에 평화가 찾아들었다.

삼황녀 적화우에게는 마음에 들지 않는 일이었으나 결국 황벽산에서 사로잡은 네 왕국의 전사들은 다시 신검주들의 품으로 돌아갔다. 물론 그들이 돌아가기 전 신검주들은 삼황녀 적화우에게 이번 공격에 대한 진지한 사과를 해야 했다.

그렇게 포로들이 돌아오자 네 왕국의 전사들은 그 즉시 배와 뗏목을 타고 아바르 강변을 떠나기 시작했다.

수천의 전사가 강을 건너는 모습은 그야말로 장관이었다. 그 장관을 아바르 전사들은 승리의 마음으로 지켜봤다.

이 땅의 지배자들이라는 칠왕의 후예들을 물러가게 한 아바르 전사들의 사기는 하늘을 찌를 듯했다.

과거 아바르 정복전에 참여한 경험이 없는 젊은 전사들은 더더욱 그러했다.

무황 역시 강변에 나와 네 왕국의 전사들이 물러가는 것을 보고 있었다. 그런 무황에게 단우하가 넌지시 물었다.

"만족하십니까?"

"많은 것을 얻었어."

무황이 대답했다.

"제가 생각해도 그렇습니다. 그중 가장 큰 소득은 역시 아바르의 젊은 전사들이 신혈의 투기를 몸으로 체득하는 계기가 되었다는 것인 듯합니다."

단우하가 아바르 강변에 도열해 있는 신혈족의 수천 전사들을 보며 말했다. 그들의 사기는 충만했고 신혈의 기운은 그 어느 때보다도 강렬해 보였다.

그런데 무황 적황은 단우하와 생각이 조금 다른 모양이다.

"그것보다 더 중요한 것이 있네."

"무엇입니까?"

"십자성주가 결국 이 땅의 일에 관여하게 되었다는 것이지."

"아, 그것 역시 중요하지요. 하지만……."

"아무리 십자성주가 대단해도 결국은 한 명의 인간일 뿐이란 건가?"

말꼬리를 흐리는 단우하를 보며 적황이 물었다.

"솔직히 말하자면 그렇습니다. 사황자께서 대단한 분이신 건 알지만 그래도 아바르 수천 전사의 성장에 비할 수는 없지 않을까요?"

"당대만 보자면 그렇겠지. 그러나 먼 후대까지 생각하면 그렇지가 않네."

"무슨 말씀이신지 모르겠군요. 후일이라면 더욱더 그렇지 않습니까? 결국 사황자께서는 명계로 돌아가실 겁니다. 그러니 더욱 이 땅의 젊은 전사들의 각성이 중요한 것 아니었습니까?"

"그런 의미에서 한 말이 아닐세. 우리 신혈족 중에서 신검의 주인으로서 영원히 이 땅의 전설로 남을 사람이 나타났다는 뜻에서 한 말일세. 인간은… 어리석은 존재이네. 수백 년 전, 우리가 보지도 못한 칠왕이라는 인물들, 그리고 무색의 대마법사 차요담이라거나 혹은 전설적인 마인 어둠의 마룩 같은 존재들을 신격화하거나 두려워하지. 그들이 한 일들은 인간의 영역을 지나 신의 영역으로 취급되고, 그 후손들조차도 마치 신의 후예인 것처럼 여겨진다네. 당대 이 땅의 역사는 그렇게 이뤄지고 있지."

"그렇긴 하지요."

단우하도 이젠 적황이 무슨 말을 하려는지 이해하는 것 같았다.

"이번에 만들어질 새로운 벽루의 맹약과 원주족과의 싸움에 적풍 그 아이는 아바르가 아닌 십자성의 이름으로 참여하게 될 걸세."

"그렇게 허락하시렵니까? 아니, 가능할까요?"

단우하가 되물었다.

아무리 적풍이 대단해도 아바르의 후광이 없다면 과연 신검주들의 인정을 받을 수 있을지 확신할 수 없는 단우하였다.

"현월문주의 약속을 받아냈네. 물론 다른 신검주들도 동의했고. 적으로는 몰라도 함께 싸우는 우군으로서 두 개의 신검을 지닌 십자성주는 그들에게도 무척 중요한 존재일 걸세."

"마룩의 정념을 깨운 자들과의 싸움이라면… 그렇겠지요. 그래야 일곱 개의 신검이 모두 모이는 것이니까. 하지만……."

단우하는 여전히 신검주들의 약속이 못 미더운 모양이다.

"새로운 맹약과 원주족과의 싸움을 통해 그 아이는 실질적으로 칠왕의 반열에 오를 걸세. 내가 가지고 있는 이 지위, 신검 없이 칠왕과 겨뤄 승리한 최초의 사람이라는 이름값과는 전혀 다른, 정통성을 가진 신검주로서 말일세. 그렇게 되면 그 아이의 십자성이 신성시됨은 물론 그 아이에게서 전왕의 검을 전해 받을 아바르의 새로운 제왕 역시 칠왕의 정통성을 가지게 되겠지."

"그렇게만 된다면 그렇겠지요. 시간이 지나면 사람들은 오늘 일어난 일의 내막은 잊게 되고 남은 것은 결국 새로운 칠왕의 전설뿐이겠지요. 그 전설이 계속되는 한 신혈의 아바르는 칠왕의 한 축으로 이 땅의 주인으로 존재할 것이고 말입니다."

"바로 그거네. 우리가 보지도 경험하지도 못한 전설이 오늘날 우리의 역사를 만들어가듯 그렇게 이번에 만들어질 새로운 전설이 수백 년의 미래를 만들어갈 걸세. 그래서 중요한 거지. 그 전설이 될 인물을 만들어내는 것이. 두 개의 신검을 지닌 십자성주. 가장 알맞은 사람이 아니겠나?"

적황이 미소를 지으며 물었다. 그러자 단우하도 가벼운 미소로 대답했다.

"생각해 보니 주군의 말씀처럼 이번 싸움은 정말 많은 것을 얻은 싸움이었군요."

＊　　　＊　　　＊

바람은 차고 눈이 내렸다.

세상이 백설에 휩싸였다. 산짐승도 길을 갈 수 없을 만큼 북방의 숲은 눈에 잠겼다. 눈을 몰고 온 어두운 구름이 하늘을 가득 메워 대낮임에도 한밤중처럼 어두웠다.

그 속을 뚫고 검은 그림자들이 움직이고 있었다.

그들은 마치 어둠과 동화된 흐릿한 그림자처럼 움직였다. 눈이 발목까지 쌓이고 숲은 무성했지만 그들의 전진은 끊임없이 이어졌다.

그들이 이 폭설 속에서도 움직일 수 있는 것은 두 가지 이유 때문이었다.

하나는 그들이 이동하는 길이 해안가를 따라 이어졌다는 것이다. 북쪽으로는 육지와 마찬가지로 눈이 내리는 검은 바다가 침묵 속에서 움직이는 자들을 바라보고 있었다.

남쪽으로 솟아 오른 가파른 산은 눈 덮인 무성한 숲을 가지고 있었는데 그 산과 북쪽의 검은 바다 사이로 난 길은 눈이 쌓이기는 했지만 충분히 길을 내고 전진할 만했다.

두 번째 이유는 선두에 서서 눈길을 헤쳐 나가고 있는 거인들 때문이다.

그들의 몸집은 소위 말하는 체구가 크다는 것이나 기골이 장대하는 말을 뛰어넘었다.

아무리 작게 보아도 보통 사람의 두 배가 넘는 키와 몸집을 가지고 있는 그들에겐 길 위에 쌓인 눈이 무릎 위쪽으로 올라오는 경우가 없었다. 그런 자들이 앞서서 길을 열고 있기 때문에 이 기이한 무리의 전진에 눈은 아무런 방해도 되지 못했다.

"얼마나 남았는가?"

나른한 목소리, 지루함을 견디지 못해 잠이 들려는 것 같은 목소리가 흘러나왔다.

눈 속을 전진하는 무리 중 특별하게 눈에 띄는 무리가 있었다. 검은색의 나무로 만든 거대한 가마 위에 역시 검은색 옷을 입고 얼굴을 반쯤 가린 자가 누운 듯 앉아 이동하고 있었다.

그가 올라 있는 가마를 메는 장정의 수만도 이십여 명. 앞뒤 열 명씩 건장한 체격의 사내들이 가마를 메고 있어 노인이 탄 가마는 집처럼 안락해 보였다.

"하루면 도착할 겁니다."

노인의 물음에 가마 옆으로 말을 몰아온 자가 대답했다.

"하루… 지루한 여행이군."

"그나마 서웅족의 카르 견차가 사람을 보내주어 수월하게 갈 수 있을 것 같습니다."

말에 탄 사내의 말에 노인이 눈을 들어 행렬의 앞에서 거대한 체구를 이용해 눈길을 뚫고 있는 거인들을 바라봤다.

그러고는 가볍게 미소를 지었다.

"참 쓸모가 많은 자들이야."

"예전부터 서웅족의 노예는 누구나 갖고 싶어했지요."

"견차… 그자를 내 노예로 삼아야겠어."

"하지만 그는 서웅족답지 않게 뛰어난 지모를 가지고 있습니다. 그만큼 자존심도 세지요. 서웅족을 우리 드루족의 노예로 들이겠다고 하면 절대 복종하지 않을 겁니다."

"어리석은 소리. 설마 내가 대놓고 나의 노예가 되라고 말하겠느냐?"

"달리 방도가 있으신지요?"

"야수족 전체의 이인자가 될 생각이 없느냐고 물어보면 되지. 그 한마디 질문이면 그는 나의 노예가 될 것이다. 왜냐하면 그대 말처럼 견차 그자는 서웅족답지 않게 똑똑할뿐더러 야심도 있거든."

"그렇군요. 욕심이 없다면 수하들을 보내 대카르님을 돕지도 않았을 겁니다."

"좋은 짐승들이지, 서웅족은. 후후후!"

노인의 입가에 묘한 미소가 지어졌다.

"문제는 대화족입니다. 대화족의 카르는 여전히 주군을 대카르로 인정하지 않고 있습니다."

"후툭 그자는 제법 괜찮은 자지."

"대화족은 누가 뭐래도 우리 원주족 중 가장 큰 종족입니다. 그들을 모두 합치면 다른 원주족의 삼분지 이가 넘을 겁니다. 물론 개개인이 약한 것이 흠이지만."

"그럼 그자도 이인자로 삼을까?"

노인이 물었다.

"하지만 그렇게 되면 서웅족의 카르는 어떻게……?"

"끌끌끌, 어리석구나. 누구나 자신을 이인자라고 생각하면 되는 것 아니냐? 그러나 사실은 아무도 이인자가 아니지. 모두 다 나의 노예일 뿐."

순간 사내가 당황한 표정을 지었다. 그러다가 갑자기 뭔가를 깨달은 듯 탄복했다.

"그렇군요. 굳이 모두가 있는 곳에서 누군가에 대한 대카르님의 신임을 공표할 필요는 없으니까요."

"필요한 자라면 모두 은밀히 만날 것이고, 모두가 스스로를 이 거대한 연대의 이인자라고 생각하게 만들겠다. 그럼 그들 모두가 나의 노예가 되는 것이지. 그들에겐 혼마 조사의 섭혼의 술이 적당하겠지? 물론 눈치챌 수 없을 만큼 미약하게 시전 해야겠지만. 후후후!"

노인이 나직하게 중얼거렸다.

"모든 것이 대카르의 뜻대로 되실 겁니다."

사내가 재차 고개를 숙여 보였다.

"문제는… 월문이야. 언제나 그렇지. 일곱 개의 신검, 이십팔 룡의 등장… 이 모든 것이 월문과 관련된 일이니까."

"그러나 이번에는 어떤 변수도 만들어내지 못할 겁니다. 설혹 월문이 나서서 아바르와 신검주들의 힘을 하나로 모은다 해도 그들이 더 이상 과거 초창기의 칠왕이나 이십팔룡과 같은 힘을 내지는 못할 겁니다. 더군다나 서로 불신하고 있는 상황이니……."

"나도 그렇게 생각하지만 그래도 언제나 월문은 위험한 존재지. 그들은 항상 예상치 못한 변수들을 만들어냈으니까."

"침묵의 강을 장악하고 나면 월문은 고립될 것입니다. 그 정도로 막아놓고 칠왕의 땅을 정복하면 그땐 월문도 달리 방법이 없을 겁니다. 결국… 밀교의 문을 넘길 수밖에요."

"혹은 명계의 법황이 이곳으로 올 수도 있겠지."

"그가 온다고 달라지는 것이 있겠습니까?"

"그대가 모르는 것이 있어. 월문은… 하아, 그만하지. 결국 그자의 선택일 테니까."

노인이 중얼거렸다.

그러자 사내가 공손하게 말했다.

"그럼 쉬십시오. 전 먼저 나가 앙굴루 일원을 살피겠습니다."

"그럴 필요 없어."

"아닙니다. 혹시라도 다른 카르들이 술책을 부릴 수도 있으니."

"후후후, 그럼 고마운 일이지. 그들에게 내 힘을 보여줄 기회를 얻는 것이니까."

"그래도……"

"알겠어. 그대가 원하면 그렇게 하도록 해."

"알겠습니다, 대카르!"

중년의 사내는 고개를 숙여 보인 후 말을 몰고 앞으로 달려나가기 시작했다. 그러자 노인이 가마 위에 펼쳐놓은 고운 짐승 털가죽에 몸을 뉘며 중얼거렸다.

"어려운 일이지. 생명 있는 모든 것을 발아래 두는 것은. 그러나 그만큼 즐거운 일이 아니겠는가? 후후후!"

*　　　*　　　*

법사 수로는 스스로 걸을 수 있었고, 말을 달릴 수 있었으며, 현월문의 법술을 쓸 수도 있었다.

만약 무리를 한다면 과거와 같은 무공을 사용할 수도 있을 것이다.

하지만 여전히 그는 자신의 몸을 완벽하게 회복하지는 못하고 있었다. 그래서 그는 이동하는 내내 파리한 얼굴을 한 채 가끔 휴식이 필요했다.

그럼에도 불구하고 수로는 현월문의 대법사 을보륵을 따라 침묵의 강 하류까지 내려와 있었다.

현월문의 문주와 대법사들이 그의 출행을 반대했지만 수로의 고집은 대단했다. 그는 자신의 눈으로 마룩의 정념을 깨워낸 자를 반드시 다시 보길 원했다. 그러면서 그는 이렇게 말했다.

"운명적으로 난 그와 마주칠 수밖에 없다는 것을 깨달았습니다."

그 말을 듣는 순간 현월문주 가륵은 수로의 출행을 허락했다.

보통 사람이라면 절대 이해할 수 없는 이유로, 그리고 그 이유가 수로와 함께 침묵의 강 하류를 살피러 온 을보륵의 마음을 무겁게 만들고 있었다.

명계나 현계나 월문의 문도는 아무나 될 수 없었다. 월문의 비술을 수련할 수 있는 선천적인 자질을 가지고 있어야 월문의 문도가 될 수 있었다.

수로는 그런 자질을 가진 월문의 문도 중에서도 특별한 인재였다. 월문의 비술들을 물을 빨아들이는 솜처럼 흡수했고, 어린 나이에도 불구하고 대법사들 못지않은 무공과 법력을 가지고 있었다.

그리고 그에게는 다른 월문 법사들과 그 자신의 차이를 만들어내는 특별한 능력이 있었다.

"미래를 본다는 것은 결코 좋은 것이 아니다."

문득 길을 가던 을보륵이 무거운 음성으로 말했다. 그러자 수로가 말을 멈추고는 고개를 돌려 을보륵을 바라봤다.

"가끔 세상은 앞일을 모르는 것이 좋을 때가 있어. 아니, 모르는 게 좋을 때가 더 많다."

을보륵이 말했다.

그러자 수로가 고개를 저었다.

"제가 가진 건 미래를 보는 능력이 아닙니다."

"아니라고? 그럼 뭐지?"

"그건 그냥… 육감 같은 겁니다. 미래를 그림처럼 보는 일은 없죠. 제가 보는 것은 그저 멈춰진 한 장면 같은 것입니다. 그 자와 내가 겨루게 되는 그 한 장면 말이죠. 전 그걸 미래의 일을 제가 보았다고 생각지 않습니다. 단지 그와 내가 결국에는 맞서게 될 거란 걸 그의 기운을 접하는 순간 제 육감이 깨달은 것이고, 그 깨달음이 그저 꿈처럼 제게 환영을 보여준 것이라고 생각합니다. 그런 의미에서 꿈이 모두 현실이 되는 것은 아니지 않습니까?"

"하지만 너의 그 예지의 능력은……."

"아이고, 법사님, 방금 전에 아니라고 했는데 또 그런 말씀을 하십니까? 예지의 능력이라뇨. 그건 신(神)만이 가진 겁니다."

"그러나 넌 어려서부터 간혹 미래의 일을 예측하지 않았느냐?"

"그건 예지가 아니라 육감이라니까요. 인간은 결코 미래를 볼 수 없습니다. 그 육감에 제가 수련한 몽경(夢鏡)의 술(術)이 더해져서 환영이 나타나는 것이죠."

"몽경의 술은 몽경(夢鏡)이 있어야 시전이 가능한 것 아니냐?"

"그 부분에 대해선 제가 조금 특별한 것이죠."

"그래서 결국 예지의 능력은 아니다?"

"그렇습니다. 전 인간일 뿐이에요. 조금 특이한."

"후우, 아무래도 좋다. 아무튼 그런 일들이 네게 자주 일어나는 것이 걱정이구나."

"너무 걱정 마십시오. 이젠… 극복할 수 있을 것도 같습니다."

"무슨 말이냐?"

을보륵이 의아한 표정으로 물었다.

"제가 왜 검은 산에 가서 침묵의 바다를 보려 했는지 아십니까?"

"그야 네놈은 언제나 호기심이 많았으니까."

"하하하, 정말 그렇게 생각하세요? 단지 호기심 때문이라고?"

"아니냐?"

"그럼요. 대법사님은 제가 호기심이 많다는 건 아시면서 무척 게으르다는 사실은 잊으셨나 봅니다. 난 절대 호기심 때문에 그 먼 곳을 여행할 사람은 아니잖아요?"

"글쎄다. 말을 그렇게 해도 네 녀석이 하고자 하는 일은 뭐든 하고야 말았다는 것을 알고 있다."

을보륵은 수로의 말에 동의하지 않는 모양이다.

"하하, 그랬나요? 어쨌든 제가 검은 산에 간 것은 세상에서 가장 완벽한 침묵이라는 검은 산에서 북해를 보기 위해서였습니다."

"누가 모른다더냐?"

을보륵이 퉁명스럽게 대답했다.

"제가 검은 산과 북해에서 느끼고 싶은 것은 수시로 들끓는 제 기운들을 잠재울 고요였지요. 당시 그 상태로 조금 더 지나면 문주님이나 대법사님들이 걱정하시는 광인이 될지도 모른다는 생각을 하고 있었으니까요."

"그걸… 알고 있었느냐?"

을보륵이 측은한 얼굴로 물었다.

"제 자신의 일인데 어찌 모르겠습니까? 월문의 법도 이미 오래전에 배웠는데."

"후우, 맞는 말이다. 우린 늘 그걸 걱정하고 있었지."

을보륵이 고개를 끄떡였다.

"그래서 완벽한 침묵이라는 그 북해의 침묵을 보러 간 거지요. 뭔가 계기를 마련할 수 있을 것 같았거든요. 그런데 이상한 일이더군요. 검은 산에서 북해의 완벽한 침묵을 보는 순간 이상하게도 정말 그 혼란스럽던 기운들이 각기 제자리를 찾아 제 몸 곳곳으로 잠들어가는 것 같은 느낌을 받았어요. 완벽한 침묵 속에서 얻은 평화랄까. 이후 마룩의 정념을 깨운 자 때문에 그 경험을 충분히 즐기지는 못했지만 설 부인께서 절 깨운 이후 깨달았지요. 제가 이젠 더 이상 제가 타고 태어난 신기를 두려워하지 않아도 된다는 것을."

"음, 묘하군."

을보륵이 고개를 갸웃했다.

"이유는 잘 모르겠어요. 검은 산에서 본 완벽한 침묵 때문인지, 아니면 설 부인의 치료 때문인지. 어쩌면 그 두 가지 모두 영향을 미쳤을 수도 있지요."

수로의 말에 을보륵이 고개를 끄떡였다.

"설 부인의 치료가 보통 치료는 아니었지. 우리 현월문의 비술과 약재를 거덜 낼 정도였으니까."

"거기에 대법사님의 법력도 많이 소진되었지요."

"내 법력이야 죽으면 사라질 것이니 아까울 것이 없다."

을보륵이 손을 저었다.

"그럴 리가 있나요. 우리 월문의 문도들에게 법력이란 그야말로 생명과 같은 것인데. 평생 은혜를 잊지 않을 겁니다."

"아니다. 네가 부담 갖지 않았으면 좋겠구나."

을보륵이 진심으로 말했다.

"아무튼 그거야 제 마음이니 제가 알아서 할 거고요."

"어이구, 이놈, 신기는 잡았다면서 그 망아지 같은 성정은 잡지 못한 것이냐?"

"천성이야 바꿀 수 없죠."

수로가 어깨를 으쓱거렸다.

"하지만 이제부턴 침착해야 한다. 이 땅의 정세가 과거 칠왕이 탄생할 때와 비슷하게 흐르고 있어. 마룩의 정념을 깨운 자와 맞서는 것은 무척 치밀한 계획하에 이뤄져야 한다. 과거 무색의 술사 차요담이 그러했듯이."

"그 일이야 문주께서 하시겠지요."

"네 말대로라면 네 육감이 보여준 미래에 그를 상대하는 것은 너였다면서?"

"그와 겨루는 한 장면이 그를 제가 홀로 상대한다는 뜻은 아니지요. 그리고 제가 그와 겨루게 될 거라는 건 거의 확실하지만 그를 제압하는 사람이 저라고는 말할 수도 없는 것 아닙니까? 싸움을 결과까지 본 것은 아니니까요."

"네가 아니면 그 누가 마룩의 정념을 깨운 자를 상대하겠느냐?"

을보륵이 진중하게 말했다.

"칠왕이 있지 않습니까?"

"그들? 글쎄… 그들이 할 수 있을까? 과거 칠왕이 탄생할 때도 신검을 든 칠왕이 마룩을 몰아붙이기는 했지만 완벽한 승리는 거두지 못했다. 하물며 지금의 신검주들이야……."

을보륵은 당대의 칠왕들을 크게 신뢰하지 않는 듯했다.

"하지만 한 사람은 다르죠."

이번에는 수로도 진지하게 말했다.

"한 사람?"

"십자성주요."

"십자성주라……. 음, 특별하긴 한데……."

을보륵은 수로의 의견에 동의하기가 망설여지는 모양이다.

"왜요? 역시 신뢰할 수 없으세요?"

수로가 되물었다.

"하아, 솔직히 잘 모르겠다."

"대법사님답지 않으시군요."

"글쎄 말이야. 도대체가 모호한 사람이라서. 대단한 영웅 같기도 하고, 어떤 때는 염세적인 것도 같고, 냉정한 듯하면서도 양자를 들이는 것 보면 또 그것도 아닌 것 같고. 알 수가 없어."

"한 가지는 확실하죠."

"무엇이 말이냐?"

"능력이 있다는 거요."

"능력이라……. 좋지. 하지만 그건 결국 사람의 능력이다. 마룩의 정념을 깨운 자와 싸우는 일은 무공이 아니라 법력이 동원되는 일이야."

"그는 의천노공을 이겼다면서요?"

"쩝, 의천노공이 월문의 법력을 쓰지 않았겠지."

"에이, 설마요. 밀교의 문을 두고 법력을 아껴요? 월문의 존 폐를 두고 싸우는 싸움에서요?"

수로가 말도 안 된다는 표정을 지으며 반문했다. 그러자 을 보륵도 머쓱한 표정이 지었다.

"하긴 그건 또 말이 안 되지?"

"그럼요. 더군다나 의천노공인데요."

"그래, 그라면 절대 그럴 리 없지. 그럼… 십자성주의 능력이 우리가 생각하는 것보다 훨씬 뛰어나다는 뜻인데……."

"그렇다니까요? 이것도 제 육감인데요, 결국 그가 그자를 죽 일 거 같아요."

"그자?"

"마룩의 정념을 깨운 자요."

"그건 너라며?"

을보륵이 되물었다.

"난 싸우게 될 뿐이라니까요? 그 끝은 모르고요."

수로가 퉁명스럽게 대답했다.

"결국 그와 네가 함께 싸워야 한다는 뜻이냐?"

"칠왕이나 무황이 모두 나서야 할 수도 있지요. 문주님도요. 하지만 결국은……."

수로가 말꼬리를 흐렸다.

"곤란하군."

"뭐가요?"

"그는 다루기 쉬운 사람이 아니거든."

"굳이 그를 끌어들이거나 조종하려 노력할 필요는 없지요. 운명이 그를 그 자리로 끌어올 테니까요."

"그런가?"

"이건 예지의 능력이라고 해두죠."

"망할 놈!"

을보륵이 수로에게 눈을 흘겼다. 그런데 그때 앞서 길을 열고 나가던 다른 월문의 문도가 뒤를 돌아보며 나직하게 말했다.

"보입니다."

순간 수로와 을보륵이 대화를 멈추고 앞으로 말을 몰아 나갔다.

한순간 숲이 끝나고 앞의 시야가 열렸다. 그러자 침묵의 강하류, 북해의 초입에 숲으로 둘러싸인 거대한 분지가 눈에 들어왔다.

천하가 눈에 덮여 있었지만 분지에서만큼은 눈을 구경할 수 없었다. 그곳에 눈이 내리지 않은 것이 아니라 살아 있는 존재들에 의해 그곳에 내린 눈이 모두 치워지거나 녹아버리기 때문이었다.

"정말… 제대로 준비하는구나."

을보륵이 질린 표정으로 중얼거렸다.

"칠왕의 땅에 존재하는 모든 전사를 모아야 할지도 모르겠군요."

수로도 심각한 표정으로 말했다.

그들의 눈앞에 펼쳐진 눈 없는 분지에는 수천에 이르는 원주족들이 득실대고 있었다.

아니, 그것도 모자라 해안가를 따라 이어진 서쪽 숲으로부터 끊임없이 새로운 원주족들이 나타나 분지로 들어오고 있었다.

아마도 곧 수만의 대병력이 집결할 것이 분명했다.

*   *   *

설루는 한 번은 양보했지만 두 번은 양보하지 않았다.

신검주들과의 회합을 위해 벽루로 떠나는 적풍의 일행에 설루는 기어코 합류했다.

야수족의 대병력이 침묵의 강 하류에 집결하고 있다는 소식이 전해진 이후 옥서스 무극산의 십자성도 위기감에 휩싸여 있는 것을 생각하면 설루의 동행은 의외의 일이었다.

설루의 무공이 다른 십자성의 고수들에 비해 뛰어난 것은 아니지만 십자성의 무사들에게 설루는 적풍에 버금가는 무게감을 가진 여인이었다.

설루의 존재감은 적풍의 아내 그 이상이어서 그녀의 존재가 십자성의 무사들에게 주는 안정감은 대단했다.

그래서 적풍의 부재 시 십자성의 사람들은 본능적으로 설루의 명에 따랐고, 그녀를 의지했으며, 그녀를 중심으로 모든 일이 결정되었다.

그래서 거의 모든 사람, 적풍을 포함한 거의 모든 사람이 설루의 출성을 반대했다.

그러나 설루의 고집은 그 모든 사람들의 반대를 뛰어넘었다. 적풍과 적사몽조차도 그녀의 고집을 말리지 못했다.

천하가 눈에 덮여 있었다. 이 시기 칠왕의 땅은 어디든 폭설이 내린다고들 했다.

그중에서도 옥서스 서북쪽으로 이어진 지역은 특히 눈이 많이 내렸다. 북쪽에 있는 북해의 영향 때문일 것이다.

적풍 일행은 옥서스 십자성을 나선 후 거의 매일 눈과 싸우며 전진했다.

마을과 마을을 잇는 길은 대부분 눈으로 막혀 있었다.

마차는 쉽게 앞으로 나가지 못했다. 그나마 이곳에서 겨울을 나본 아바르 전사들과 길 잃은 샤 출신의 무사들이 여행을 위해 마차 아래에 부착해 눈에 미끄러질 수 있는 썰매를 미리 준비하지 않았다면 마차를 버리고 가야 할 수도 있었다.

그렇게 눈 속에서의 여행이 오 일간 계속됐다.

그리고 그즈음부터 서서히 눈이 깊이가 얕아지기 시작하더니 급기야 칠 일째 되던 날은 설원이 사라지고 초원이 모습을 드러내기 시작했다.

그건 마치 두 계절이 하나의 선을 중심으로 양쪽으로 갈라져 있는 듯한 느낌을 주었다.

동쪽으로는 설원이, 서북쪽으로는 초원이 펼쳐진 이 기이한 모습에 적풍 일행은 쉽게 그곳을 떠날 수 없었다.

그래서 적풍은 아예 그곳에서 하룻밤을 보내기로 결정했다.

"신기하네, 정말."

적풍과 설루는 지평선을 따라 이어진 계절의 경계선에 서 있었다. 태산 같은 적풍의 옆에서 설루는 마치 세상의 모든 것을 눈에 담으려는 듯 눈앞에 펼쳐진 풍경 속으로 빠져들어 가 있었다.

그런 설루를 보면서 적풍은 어쩌면 하늘로부터 신비한 능력을 받은 것은 신혈족이나 칠왕의 후예들이 아닌, 자신의 옆에 있는 나약해 보이지만 세상에서 가장 강한 정신을 가진 여인이 아닐까 생각했다.

설루에게는 세상의 모든 것을, 계절과 시간, 빛과 어둠, 그리고 영웅과 마인을 따뜻하게 품어주는 기운이 있었다.

어릴 때는 미처 느끼지 못했던 그 거대한 어머니의 품 같은 설루의 품성은 그녀가 나이가 들어갈수록 점점 강해져서 지금은 이렇게 세상의 모든 풍경조차도 담을 수 있는 존재가 되어 있었다.

"요하강의 작은 꼬맹이이던 사람이……."

적풍이 자신도 모르게 중얼거렸다.

"뭐?"

설루가 갑작스러운 적풍의 말에 고개를 돌렸다.

"어… 아냐."

적풍이 얼른 고개를 저었다.

"아니긴 뭐가 아냐? 내 얘기 한 거잖아? 요하강의 작은 꼬맹이라니! 흥, 당신은 뭐 처음부터 대단한 사람이었는지 알아? 당신은 그때 겁 많은 도망자였다고!"

설루의 말에 적풍은 미소를 지으며 고개를 끄떡였다.

"그래, 그랬지. 그런데 우리 참 많이 변했지?"

적풍이 진지하게 물었다. 그러자 설루가 잠시 적풍을 바라보다 고개를 저었다.

"아니, 당신과 나는 하나도 변하지 않았어. 단지 우릴 둘러싼 세상이 변한 거지. 나에게 당신은 여전히 그때의 소년이야. 당신에게 나도 그런 사람이었으면 좋겠어."

설루의 말에 적풍은 잠시 생각에 잠겼다가 대답했다.

"초심을 잃지 말라는 뜻이구나."

"응. 사실 두려워. 벽루란 곳에서 어떤 일이 벌어질지. 그리고 그 마룩의 정념을 깨운 자와의 싸움이 또 어떻게 전개될지. 이런 두려움을 이겨내는 방법은 오직 하나뿐이야. 나에겐 요하 강변에서의 그 소년이 여전히 함께 있을 거라는 믿음이지."

설루의 말에 적풍이 기다리지 않고 대답했다.

"약속하지."

"말하지 않아도 알아. 당신이 그럴 거란 걸."

설루의 대답을 들으며 적풍은 가볍게 설루의 어깨를 안았다. 그리고 시선을 돌려 서북쪽 초원 끝에 우뚝 솟은 거대한 산봉우리들을 바라봤다.

정령의 땅이라고 불리는 혜루안이었다.

『십자성―칠왕의 땅』 15권에 계속…

현대
천마록

천하를 호령하고 전 무림을 통합한
일월신교의 교주 천하랑.
사람들은 그를 천마, 혹은 혈마대제라고 불렀다.

『현대 천마록』

무공의 끝은 불로불사가 되는 것이라 생각했지만
그로서도 자연의 섭리 앞에선 어쩔 수 없었다!

'그렇게 많은 피를 흘렸음에도 불구하고
죽을 때가 되니 남는 것이 없군그래.'

거듭된 고련 끝에 천하랑의 영혼이
존재하지 않게 된 그 순간
그의 영혼은 현세에서 천마로서 눈을 뜬다!

Book Publishing CHUNGEORAM

유행이 아닌 자유추구 -
WWW.chungeoram.com

FUSION FANTASTIC STORY

가프 장편소설

시크릿 메즈

SECRET MEZ

―너는 10,000개의 특별한 뉴런을 더하게 되었어.
매직 뉴런, 불멸의 뉴런이지.

실험실 알바를 통해 만난 '6번 뇌'.
우연한 만남은 이강토를 신비의 세계로 이끈다.

『 시크릿 메즈 』

매직 뉴런을 탑재한 이강토의
정재계를 아우르는 좌충우돌 정의구현!
긴장하라, 당신이 누구든 운명은 이미 그의 손안에 있으니!

"무슨 꿍꿍이가 있는지, 어디 한번 봐볼까?"